狐仙さまにはお見通し 2

―かりそめ後宮異聞譚―

登場人物紹介
西王母
人間が死後に赴く冥界を治めている女神。昂宇のことを非常に気に入っている。
玉秋
西王母に付き従う九尾狐。大きな霊力を持っており、術に秀でる。
昂宇（こうう）
祭祀や儀礼を取り仕切る機関である太常寺で働いている方術士。女性が苦手だが、本質が狐仙である魅音とは普通に話すことができる。
魅音（みおん）
ある事情から人間に生まれ変わっていて、神通力を完全には使えなくなっている狐仙。昂宇が陰界に囚われていると聞き、助けに行くことを決意する。

翼飛
照帝国の禁軍大将軍。天雪の兄。俊輝よりもさらに豪胆で軍人肌な偉丈夫。
俊輝(しゅんき)
元は武官だったが、暗愚な先帝を討って皇帝の座に就いた。豪放磊落で細かいところは気にしない性格。
天雪(てんせつ)
角杯宮で暮らす皇帝の妃の一人。俊輝とは面識があり、もう一人の兄のように慕っている。ニコニコぽやぽやしている天然娘。
青霞(せいか)
方勝宮で暮らす皇帝の妃の一人。先帝時代は宮女として勤めていたため、後宮に詳しい。
美朱(びしゅ)
珊瑚宮で暮らす皇帝の妃の一人。後宮の怪異騒動が解決してからは、他の妃や魅音との仲も良好になった。

目次

狐仙さまにはお見通し
―かりそめ後宮異聞譚―
2

その一　魂なき再会

赤い柱が倒れ、屋根の瓦は落ちて砕け、壁の一部だけがかろうじて立っている。

爪先の角ばった履《くつ》が、散らばった瓦の合間に足の踏み場を見つけながら、どうにか先へと歩いていた。

「ひどいものですね」

南昂宇《なんこうう》はいったん立ち止まり、周囲を見回す。

そこには元々、小さな堂が建っていた。しかし今はむざんに破壊され、うっすらと残る線香の香りが面影を残すのみだ。

崩れた壁の下に、何かが埋もれている。昂宇は近寄り、壁の欠片《かけら》をいくつか避《よ》けてみた。

木像が横たわっていた。白く塗られた、狐《きつね》の像だ。堂に祀《まつ》られていたもののようだが、台座から落ちた衝撃でか、耳が少し欠けてしまっている。

つぶやくように、昂宇は言った。

「……ここは、狐仙堂《こせんどう》だったのか……」

「その通りです。しかし、不自然な突風に壊されてしまって」

背後にいた案内の若者が、柔和な顔をしかめて説明する。

天昌《てんしょう》の都から船で川を遡《さかのぼ》り、さらに馬で進んで四日。山の麓《ふもと》の町・宏峰《こうほう》に、昴宇はいる。

かつて、とある小国の王が、この宏峰に都を置いていた。しかし、他国に攻め込まれて領地のほとんどを奪われ、王はそのままこの地に幽閉された――という謂《いわ》れがある。

時が経《た》った今では、都で何か問題を起こすなどした貴人がひっそりと下り、余生を送る地になっていた。

そんな宏峰だが、元は都だっただけあって美しい景観に恵まれている。秋も深まった今は、町中で桂花《キンモクセイ》が甘く柔らかな芳香を広げていた。寺社も多く静かで、悔い改めながら暮らすには向いた土地といえるだろう。

ある日、宏峰の領主の名で、都に訴えが届いた。何でも、ここの土地神が怒って暴れているのだという。

その地の平安を守るのが土地神なのに、領地を荒らすのはおかしい。

『僕が行って、色々と調べてきましょう。最後の仕事です』

名乗りを上げたのが、方術士《ほうじゅつし》の昴宇だ。

彼は、祭祀《さいし》や儀礼を取り仕切る役所・太常寺《たいじょうじ》に所属している。同時に、『王』家の巫《シャーマン》で、修行中の身でもあった。

宏峰の領主は病《やまい》に臥せっており、領主代理をしている許燕貞《きょえんてい》という男が昂宇を迎えた。

『ここは、都から追放された人々が追いやられる土地です。冤罪《えんざい》で、あるいは権力者の圧力によって、来ざるを得なかった人もいるはずです』

三つ編みにした髪を肩口から垂らし、どこか僧のような格好をした燕貞は、ぐっと右の拳《こぶし》を握った。

『そういった人々の憎しみ、悲しみを、土地神様が晴らそうとしているのではないでしょうか。案内しますので、どうかこの宏峰をご覧になってみて下さい』

昂宇を案内している若者こそ、燕貞だ。そして今、目《ま》の当たりにしたのが、破壊された狐仙堂なのである。


燕貞が、空を見上げた。

「天気が怪しいですね。……方術士様？」

彼が振り向いた視線の先で、昂宇は瓦礫《がれき》の中から板を二枚探し出していた。山型にバランスを取って立てると、それを屋根に見立てて、狐の像を中に置く。金属製の線香立ても見つけ出して、狐の前に置いた。

簡易的にだが、狐仙堂を直したのだ。

「これでひとまず、我慢してください。……あれ？　この、祭壇についた傷」

「方術士様」

やや声を強め、燕貞が言った。

「一雨来そうです。そろそろ戻りましょう」

「燕貞さん、僕はやることがあるので、もう少しここにいます」

今度はザッと瓦礫を避け、地面を露出させる。

「あの、やること、とは？」

戸惑う燕貞の前で、昂宇は座り込んだ。目の前に紙製の霊符《れいふ》をパンと置き、懐《ふところ》から取り出した数珠《じゅず》を左手にジャッと巻きつける。

「原因を、さっさと突き止めてしまいたい。狐仙には縁がありましてね。狐仙堂をこんなふうにされると、少々怒りを覚えるんですよ。燕貞さんは戻っていてください」

「い、いえ、そういうわけにも……」

燕貞はもごもご言いつつ、彼を見守っている。

昂宇の心には一匹の、いや、一人の女性の姿があった。

胡魅音《こみおん》だ。


魅音は県令（県知事）の家で働く下女で、れっきとした人間の女性だ。しかし本性は狐仙で、一時的に人間に生まれ変わっている状態のため、ポンコツではあるが神通力《じんつうりき》を操る。

彼女は県令の娘の身代わりになり、今上《きんじょう》皇帝・王俊輝《おうしゅんき》の後宮《こうきゅう》に妃《きさき》として入った。そして、姓は異なるが実は俊輝の従兄弟《いとこ》である昂宇は、密かに彼を助けて働く中で、彼女と出会った。

その当時の後宮では、先帝妃の呪《のろ》いを発端とする怪異が続発していた。魅音と昂宇は協力してこれを解決することになり、絆《きずな》を深めていったのだ。

事件が解決し、魅音が身代わりを終えて故郷に帰った今でも、昂宇はふとした時に考える。

（いつかまた、魅音に会えるだろうか）

昂宇は高い霊力の持ち主で、幼い頃から幽鬼が見えていた。そのためか、冥界《めいかい》、つまり死の世界に対して抵抗がない。

彼を知る人々は、そんな彼を「得体が知れない」「不気味」と思っているようだ。加えて、とある事情から女性が大の苦手でもあり、人間関係を築くのが極端に下手《へた》だった。

魅音はそんな壁をものともせず彼に接し、相棒と呼んでいい間柄になったのである。

数珠を巻いた左手で、昂宇は懐をそっと押さえた。

そこには、（どうしたら再び彼女と会えるだろう）と思いながら書いた、一通の手紙が入っている。

（魅音は県令の娘を可愛《かわい》がっているから、相応の理由がないと天昌に呼び出すことはできない。僕には、こんな方法しか思いつかない。……いや。彼女は幸せに暮らしているはずだし、僕はもうすぐ天昌を離れるんだから、こんな文《ふみ》はもちろん出さないけれど）

後宮で起こった大きな事件を解決して以来、どうやら同僚たちは、彼が俊輝の身内だと薄々気づいているらしい。

とてもやりにくかったし、そろそろ太常寺での修行を終える頃合いでもあったので、人里を離れて『難《なん》』家――昂宇の姓は、本当は『南《なん》』ではなく『難』という忌《い》み字《じ》である――の後継者としての修行に専念しよう。そう、昂宇は思っていた。

軽く首を振って、目の前のことに意識を戻す。

（最後の仕事だ、きっちりやろう）

「あの、方術士様」

背後から燕貞が、術をかける準備をしている昂宇に話しかけてきた。

「思いついたのですが、宏峰の領民の皆で、土地神様をお鎮《しず》めする祈祷《きとう》をやってみるのはどうかと。今まで私一人で対処しようとしたのがいけなかったんです、皆の願いなら、土地神様も聞き届けて下さるはず」

「なるほど」

「はい、ですから、ひとまず私の屋敷でお休みになっては」

「しかし、まずは暴れたのが本当に土地神なのかどうか、確かめた方がいい」

昂宇は振り返って、誠実な口調で説明した。

「もし他の何かなら、対処方法も変わってきますから」

「他の、って……そんなわけが」

（何だろう、僕を止めたがってる？）

不思議に思いながらも、昂宇は続ける。

「まずは、土地神様をお呼びしてみますので、下がっていてください」

昂宇が手で下がるように促すと、燕貞はあちらこちらに視線を動かしていたけれど、やがて低い声で尋ねた。

「……神を、呼び出せるんですか？」

「ええ、土地神なら」

神の中にも序列があり、最底辺の土地神なら彼でも呼び出せる……とまでは、さすがに口にしなかった昂宇である。

燕貞は、それ以上は何も言わずに一歩下がった。

昂宇は向き直り、フーッ、と長く息を吐いた。そして、祈りを意味する動作を左手で行うと、右手で霊符に触れる。

ふっ、と、昂宇の周りに風が渦巻いた。

「宏峰の土地神よ、姿を現したまえ」

万物は、陽と陰、どちらかの『気』を持つと言われている。天と地、男と女、太陽と月――対極のものがあるからこそ、互いにぶつかりあうことで何かが生まれたり、逆に消滅したりする。

これが『陰陽思想』で、照《しょう》帝国では広く信じられていた。

人間が暮らしているのが陽界なら、神仙が暮らしているのは陰界で、二つの世界は表裏一体だ。巫でもある昂宇は、陰界が身近な存在だった。そのため、普通の方術士よりはそちらの世界に接触しやすい。

繰り返し、祈る。

渦巻く風に乗って、町中で咲きこぼれる桂花の香りが昂宇にまとわりつく。

やがて不意に、自分の身体《からだ》の輪郭がなくなるような、不思議な感覚があった。魂が陰界と繋がったのだ。

「姿を現したまえ。『顕《けん》』」

呼びかけに、何者かが応《こた》える気配があった。

「……うっ？」

ずん、と空気が重くなった。何か、大きな存在が近づいている。

（土地神、ではない！　僕は、この気配を知っている）

あたりがふわりと明るくなり、やがて目の前にひときわ明るい小さな光が現れた。一気に膨れ上がり、やがてそれは一つの形を取る。

ふっくらした頰《ほお》の、妖艶《ようえん》な女性だ。ふくよかな身体に、白と藤色の衣をまとい、高く結い上げた髪に重たげな金のかんざしをいくつも挿している。

「西王母《せいおうぼ》様！」

昂宇は目を見開いた。

死すべき運命の人間が暮らす『陽界』は、死を司る『北斗星君《ほくとせいくん》』と呼ばれる神が管理している。

そんな人間が死後に赴《おもむ》く『冥界』は、重なり合う陰陽の世界の地下にあり、そこを治めているのが目の前にいる西王母だった。位の高い神で、普通なら昂宇が呼び出せるような存在ではない。

西王母の声が、昂宇を包み込むように響く。

『乱れた神気を追ってきたら、覚えのある魂がいる。『難』家の巫じゃないか。名は、何といったか』

「昂宇で、ございます」

昂宇はひれ伏す。

（巫として、日ごろから西王母に祈ってはいるが、僕のことを覚えておいでだとは）

緊張で顔が強張《こわば》ってしまったが、西王母は淡々と語りかけてきた。

『巫になる儀式の時に、姿を垣間見《かいまみ》た気がするな。もう青年とは、人間が過ごす時間は本当にあっという間に過ぎるものだ。……ずいぶんと荒れた地におるな、何事だ』

「この地の土地神があらぶっておられると聞いて、祈りを捧げておりました。西王母様の周囲をお騒がせしたなら、申し訳ありません」

すると、女神は艶《つや》やかな唇で微笑《ほほえ》んだ。

『構わぬ。そなたは私の巫の一人、私の男だ』

「お、お戯《たわむ》れを……」

ひれ伏したままの昂宇の頭に、くすくすと笑い声が降って来る。

『他の女に目移りなど、しておらんだろうな？』

その時、彼の周囲の空気が、ピンと張りつめた。まるでどこからか弓で狙われているかのような、あるいは気づかないうちに悪いものを飲まされたかのような、嫌な予感がする。

昂宇は左手の数珠を握りしめた。

（知られてはならない）

直感的に、そう思った。

彼の心に結界が張り巡らされ、記憶の一部を封じた。さっきまで脳裏にいた魅音の姿が、たちまち白い靄《もや》で包まれ、隠される。

そんな彼の様子など気にする様子もなく、女神は昂宇に近づいた。

団扇《うちわ》で、くいっ、と彼の顎《あご》を持ち上げる。

『そんなに緊張するでない、子どもの頃のように気安く話しておくれ。……おお、そうだ。私の気に入りの巫を住まわせる場所を、陰界に用意しておくのも面白いかもしれんな。ちょうど陽界に新皇帝が生まれたばかりだ、その後宮を写し取れば、面倒がなくて良い』

西王母の瞳から視線を外せないまま、昂宇はごくりと喉《のど》を鳴らした。

「後宮を、陰界に写し取る……？」

『そうとも。……玉秋《ぎょくしゅう》』

誰かに、女神は呼びかける。

ふっ、と、昂宇の背後に何かが現れた。

強い霊力を持つ存在に前後を挟まれて、昂宇は動けない。彼の影を消すように、背後の何者かの影が瓦礫の上に落ちている。

それは炎の形に似て、先の尖《とが》った何かが何本も——九本も、ゆらゆらと揺れた。

『玉秋、昂宇を連れてついておいで』

「……⁉　西王母様、お待ちを、僕は」

反射的に、昂宇は立ち上がろうとする。

しかしその瞬間、身体からフッと力が抜けた。

ぐらりと倒れかかる彼の下に、なめらかな毛並みの生き物が滑り込んだ。そのまま、昂宇を持ち上げると、急に身体が軽くなったような感覚があった。

燕貞の声が、昂宇の耳に微《かす》かに聞こえる。

「方術士様？　どうなさったんですか、方術士様！」

彼には、西王母や謎の生き物――おそらく神獣――は見えていないのだ。昂宇が独り言を言って、いきなり倒れたと認識しているのだろう。

しかし、返事をしようにも声が出ない。動けない。

すうっ、と、昂宇は浮かび上がる。彼の身体はその場に倒れていたが、魂が何かの背の上にあり、持ち上げられているのだ。

女神がささやく。

『行くよ』

（抗《あらが》えない）

ふわり、と視点がさらに浮き上がった。自分の身体が、眼下に遠ざかっていく。

薄れゆく意識の中で、昂宇は白い狐を一匹、見たような気がした。

「胡魅音ってのは、あんたか？」

いきなり大きな声で呼びかけられて、魅音はぱちくりと目を瞬《またた》かせた。

彼女は、照帝国の都・天昌から西へと川をさかのぼった、宏峰という町にやってきている。というのも、呼び出されたからだ。魅音は県令の家で下女をしているが、雇い主である県令の元に手紙が届いたのである。

そこには、こう書いてあった。

『胡魅音を禁軍（皇帝直属軍）大将軍の養女として迎えた上で、皇帝の妃として推薦する』

いぶかしがる翠蘭《すいらん》と県令夫妻に、

「何かの間違いだと思います。とりあえず行ってみますけど、またここに帰されると思いますよ、あははは」

と適当なことを言って出てきたのだが、ここまで付き添ってくれた役人もずっといぶかし気だった。

（いったいどういうことなのか、理由を聞いてやろうじゃないの。ていうか、妃どうこうって話なのに、天昌に呼びつけないのは何で？）

手紙の続きには、禁軍大将軍・白翼飛《はくよくひ》を訪ねるようにと書いてあった。

そして、翼飛が今滞在しているのが、この宏峰なのである。

(仕方ないから宏峰まで来たけどっ)

魅音としては、俊輝の妃にという話なら俊輝から聞くものだと思っていたし、手紙の筆跡は昂宇のものだったので、昂宇と再び会って色々と話せるだろうと……まあ言ってしまえば、とても楽しみにしていたのだ。

(ふんっ、後宮の怪異を一緒に解決した仲なのに、水くさい。まあ、養女なんて話が出てるくらいだから、そりゃあ養父になるかもしれない大将軍に聞けばわかるんでしょうけど)

ちょっとモヤモヤしつつも、彼女は案内の輿《こし》を下りた。

目の前には、丹塗《にぬ》りの門構えの、大きな屋敷がある。

宏峰という場所は、今上皇帝である俊輝の一族である『王』家ゆかりの地でもあって、『王』家の別宅があった。それがこの屋敷で、俊輝とは親友の仲である大将軍がちょうど今、滞在しているらしい。

そんなわけで、門卒《もんばん》に名乗っていくつかの門を抜け、内院《なかにわ》に踏み入れたとたん、目の前にドーンと立っている大柄な男がいたわけである。

日に焼けた肌と髪、太い眉《まゆ》。がっちりとした身体を、簡略的なものではあるが鎧《よろい》で覆っており、腰に鎖か何かを巻いているのが物々しい。

彼はもう一度、大きな声で言った。

「胡魅音ってのは、あんたなんだな？」

「そうです」

うなずくと、彼は綺麗《きれい》な歯並びを見せて笑った。

「俺《おれ》が、白翼飛だ。妹が世話になった！」

魅音は（やっぱり）と思いつつ、礼をした。

「大将軍様、初めてお目にかかります」

「わははは、名前で呼んでいいぞ！　俺もまだ、大将軍とやらには慣れねぇしな！」

無邪気に笑った目元が、魅音のよく知る少女と似ている。

というのも、彼は後宮妃の一人である白天雪《てんせつ》の兄なのだ。俊輝とは旧知の間柄で、彼よりも三、四歳年上と聞いている。

『妹が世話になった』というのは、かつて後宮で怪異の被害に遭っていた天雪を魅音が助けた件のことだろう。天雪から聞いたのか、俊輝から聞いたのかはわからないが。

「では、翼飛様。私、何もわからないまま、ここに行くよう指示されたんです。こちらで事情を聞かせていただけるんでしょうか？」

「うん」

翼飛はうなずき、表情を引き締めた。

「とりあえず中へ。俺についてきてくれ」

彼について回廊に上がり、歩く。

秋も深まり、内院では唐楓《トウカエデ》が美しく黄葉し、ここでも桂花が良い香りをさせていた。宏峰は桂花の郷としても有名なのである。

翼飛は、奥の正房《おもや》へと向かっているようだ。

「翼飛様。先にお聞きしたいんですけど、まさか陛下は本気で、私を妃にしようとしているわけじゃないですよね？　つまりその、私に本来の妃としての役割を期待してはいませんよね、という意味ですが」

魅音が聞くと、翼飛は半分振り返りながらうなずく。

「まぁな。あんた、不思議な力を使うそうじゃないか。昂宇と色々、活躍したとか」

「お聞きになってるんですか？」

「ザッとだけどな。ちょっと人間離れしてるところもあるから驚くな、と俊輝に……陛下に言われたぞ」

ということは、本性は狐仙だとか、狐に変身できるとかまでは聞かされていないのだろう。それならそうと言うはずだ。

「そんなあんたが必要な事態だと、陛下が申された」

「やっぱり怪異系かー。あ、いえ……私の術は、ぜんぜん大したことないんですよ。昂宇の方術の方がよっぽど優秀だって、陛下もご存じのはずなのに」

そして独り言のように、「あ。もしかしてまた女絡《がら》み？　それで昂宇一人じゃどうしようもないとか？」などとブツブツつぶやいていると、翼飛はある部屋の前で立ち止まった。

「ちっと、驚かせちまうかもな」

「……？」

「入ってくれ。彼が待ってる」

（彼って、昂宇？）

魅音はふと、嫌な予感を覚えた。

（昂宇がいるなら、どうして私を迎えに出てきてくれないの？）

翼飛が戸を開け、彼女を身振りで中へと促す。

踏み込んでみると、そこは薄暗い寝室だった。小さな灯が一つだけ点《とも》され、奥に立派な寝台があるのがわかる。まるで寝室の中にさらに小さな部屋があるかのような、箱型の寝台だ。

紗《しゃ》の帳《とばり》が降りていて、中は見えなかった。

（誰か、眠ってる）

魅音は、引き寄せられるように寝台に近づいた。

手を伸ばし、紗をそっと開く。

寝台に横たわっていたのは、昂宇だった。白い睡衣《ねまき》姿だ。

しかし、彼は眠ってはいないのか、目が開いている。

「昂宇？」

呼びかけてはみたものの、返事がない。一度、瞬きをしたけれど、その目は茫洋《ぼうよう》としていて魅音の方を見ない。

魅音はすぐに、異常に気づいた。さっ、と彼の胸に手を置いてみる。

「……魂が抜けてる……！　魄しか残ってない」

魂魄《こんぱく》のうち、魂は心を動かす力、魄は身体を動かす力のことである。魄のみということは、ふらふらと歩くことくらいはできたとしても、自分の意志はない。

このまま放置していれば、やがて魄も消え、死んでしまう。あるいは、さまよう別人の魂や妖怪が入り込んで、身体を乗っ取ってしまうかもしれなかった。

「なんで？　どうして、こんなことに」

思わず声を上げると、翼飛が答えた。

「宏峰の領主から、土地神が暴れているから助けてほしいと陳情が来たんだそうだ。それで、まずは昂宇が調査に来た」

巫の修行の一環として、昂宇が太常寺の方術士として働いているのは、魅音も知っている。

「で、土地神を呼び出した後、急に倒れたらしい」


彼が宏峰に来たのは、こういう経緯があったようだ。

病に臥せった領主の代理をしている許燕貞という男が、天昌にやってきて皇城に訴え出た。

『土地神が暴れて領民が困っております、お助け下さい。私は、土地神がこのように荒ぶる理由に心当たりがございます。先帝の行いのせいでございます！』

燕貞は息巻いたそうだ。

『私の父、海建《かいけん》は、先帝時代に宮廷勤めをしておりました。そこで、謂れのない罪を着せられ、宏峰に追放されたのです』

ありそうな話ではあった。先帝は、自分の取り巻きばかりを登用して好き放題やっていたので、衷心《ちゅうしん》から進言に及んだ多くの官吏が追放されている。

『不名誉に耐えながらも、父はこの宏峰でひっそりと暮らしました。しかし、父は人格者でありましたので、町のために働き、町の者に尊敬されるようになりました。私は、父をとても尊敬しています』

そんな流れで、海建は病気の領主に代わり、実質的に領地を治めるようになったのだという。

『ところが、父は領境の山を見回っている時に足を滑らせ、山道から転落して亡くなってしまいました。領民は生前の父に感謝し、廟《びょう》を建てて祀りました。その信心がとても強かったのでしょう、廟に詣《もう》でると病気が治ったり、神仙が姿を現して人々を励ましたりするようになりました。父は、土地神になったのです』

領民は海建を土地神として信奉し、その息子の燕貞が当たり前のように、領主代理の役割を引き継いだ。

ところが、先帝が討たれて俊輝が即位した頃から、様子が変わってきたそうだ。土地神が、領地に災厄をもたらし始めたのである。

初めは、寺院の供え物や畑の作物が齧《かじ》られている程度で、動物の仕業《しわざ》かと思われていた。しかし何か大きな影が畑を横切るのを見た、という者がちらほら現れ始めた。

そしてある日、突然民家の壁が崩れ、見に行った家人は目撃する。

人面に角、猪《いのしし》に似た身体――謎の黒い生き物が、風のように駆け去るのを。

『あれは、土地神になった父です。皇帝が俊輝様に代わられたのに、息子の私がいまだこの地で不遇をかこっているのを、父は……土地神はお怒りなのだと思います。いえ、私のことはどうでもいいんです。どうか、父の名誉を回復していただきたい！』

「名誉回復はともかく、神が暴れているなら方術士が必要だ。昂宇は現地の様子を確認するために旅立った」

翼飛の説明は続く。

魅音は「あの……」と遠慮しつつも口を挟んだ。

「一応お聞きするんですけど、領主に任命されていない人が勝手に領地を治めているのは、いいんですか？」

「それも昂宇に見てきてもらおうと、俊輝は考えたんだ。本来の領主は、先帝時代に任命されているからな。そいつが無能すぎて、見かねて海建が代理を務めるようになった……ということなら、罰するのは気の毒だ」

「まぁ、そうですね」

方術士であるのと同時に、密かに俊輝の参謀役を務めている昂宇は、今回の件には適任だったのだろう。

「俊輝はその間に、先帝時代のことを調べた。海建という官吏の名誉を回復させるのであれば、いったい何をやって先帝の不興をかったのかくらい、把握しておかねばならないからな」

「でも確か、有能なのに先帝に追放された官吏は、陛下と昂宇がとっくに呼び戻したんじゃなかったでしたっけ？　漏れがあったってことですか？」

「と、思うだろ？　漏れてなかったんだな、これが」

翼飛は、やれやれとため息をつく。

「海建は、ごくまっとうな理由で皇城を追い出されていたんだ」

「へっ？」

「いや、なかなかすごいぞ。記録の写しを送ってもらったんだがな」

翼飛は卓子《つくえ》に近寄ると、置かれていた巻物を引き寄せて広げてみせた。

「見ろ、この罪状の数々。横領、備品の転売、賄賂《わいろ》の要求など、金に汚い犯罪の見本市だ。少額ずつやらかしていたから、しばらく気づかれなかったらしい」

「これのどこが人格者なのよ⁉　でも、何がきっかけで発覚したんです？」

「いや、それが傑作でな」

口元をゆがめるようにして、翼飛は笑ったが、目は笑っていない。

「記録によると、当時、夏至《げし》の儀式で使う銅鑼《どら》を新調したそうだ」

夏至の儀式といえば、照帝国では『大祀《だいし》』といって、最上級に重要な儀式の一つである。

「ところが、できあがってきた銅鑼をいざ儀式で打ってみると、変な音がする。実は海建が、銅鑼の品質を予定よりも下げて注文し、差額を懐に入れていたんだ」

「音が変わるくらい、品質を下げたんですか……」

「皆がいぶかしみ始めたその時、銅鑼を吊るす鎖が切れた。鎖の品質も下げていたんだな。で、銅鑼が落ち、ごわん、ごわん、と転がって、出席していた官吏たちは右往左往《うおうさおう》」

「はあ。莫迦《ばか》みたい」

魅音にはそうとしか言いようがない。

「想像すると間抜けだよな。……夏至の儀式は、皇帝が取り仕切っている。面子《メンツ》を潰された先帝がキレて、関係者は全員捕らえられ尋問された。その結果、海建の数々の所業が明らかになり、宏峰に追放されたわけだ」

「なるほど。あの先帝の時代に追放で済んだなら、幸運だったと言わざるを得ませんね。……にしても」

腕組みをして、魅音は考える。

「こうなると、燕貞の訴えも、ちょっと信じかねますねぇ」

「ああ。嘘《うそ》かもしれないと思い、俊輝はすぐに昂宇に使いをやろうとした。そこへ、昂宇が倒れたという知らせが届いたんだ」

もちろん、体調不良で倒れたのかもしれなかったが、燕貞の嘘がバレたばかりである。燕貞にとって何か不都合なことを昂宇が知ってしまって……という可能性も否定できない。

俊輝は昂宇を助けるため、新たな方術士を送り込むのと同時に、地方演習で宏峰の近くにいた翼飛にこの件を知らせた。

「何かあった時、すぐに対処できるようにしてほしい、と連絡がきた。で、そんなら最初から俺も一緒に調べてやるよ、ってな。演習は優秀な部下に任せてきた！」

このようないきさつで、宮廷方術士と落ち合った翼飛は、休暇という名目で宏峰を訪れたのである。

「到着してみたら、昂宇はこの『王』家の屋敷に運び込まれていた。方術士が調べたところ、魂が抜けている状態だった」

燕貞の野郎の仕業か！　と怒った翼飛は、領主の屋敷へ乗り込もうとした。海建の前科の記録を突きつけて、問い詰めようとしたのだ。

しかし、それを方術士があわてて止めた。

『もし魂がどこかに捕えられている場合、いわゆる人質にされる可能性があります。まずは、魂がどこにあるのかを突き止めないと』

「誘拐事件の人質救出みたいに、ですね」

魅音はうなずいたものの、少々不思議に思う。

（今まで聞いた海建・燕貞親子の話だと、せこいことばっかりしてる。魂だけ抜き出すようなたいそうな方術、使えそうに思えないんだけど……）

とにかく、翼飛は内心ギリギリしつつも屋敷に燕貞を呼び出した。

「もちろん、俺にまで何か起こったら元も子もないから、油断はしていない」

そう言いながら、さりげなく翼飛の手が、腰に巻いた鎖に触れる。

（あぁ、やっぱり。あれは鎧の帯に見せかけているけど、隠し武器だ）

いわゆる『暗器』である。

だてに長い年月を過ごしていない狐仙の魅音は、今はただの下女でも、過去に見たことがあった。おそらく、鎖の端に錘《おもり》がつけてあって、振り回したり巻きつけたりして攻撃するのだろう。

さて、事情を聞かれた燕貞は、戸惑った様子に見えた。

『昂宇様には、土地神になった父が暴れている件について調べて頂いていたのです。それなのに、なぜこんなことに』

「破壊された狐仙堂を見せたら、昂宇は少し苛立《いらだ》っていたふうだったらしい。何か、狐仙にゆかりがあるようだった、と」

「え」

思わず声を漏らした魅音に、翼飛は軽く眉を上げた。

「ん？　何だ？」

「あっいいえ何でもないです！」

魅音は片手をブンブンと振る。

「えっと、それで？」

「土地神を呼び出すと言って祈り始めた昂宇が、急に顔を上げて何かを見つめ、こう言ったそうだ。

『西王母様』と」

「げっ！　あのお方⁉」

魅音はのけ反《ぞ》った。翼飛が、いぶかし気に眉を上げる。

「あの……って、知り合いみたいな言い方をするんだな？」

人間に生まれてからはともかく、大昔には神仙に会った経験もあるので、魅音にとっては近しいと言えなくもないのである。

が、怪しまれたくない魅音はさっくりとごまかした。

「あはは、知り合いなんて恐れ多い。ただ、神話の西王母様ってカッコいいなーと、昔から思っていたんですよ」

「死者が行く冥界を、支配する女神……だよな？　死んだら裁かれる、という恐ろしさはあるが」

「遥か昔には獣の姿で天を駆け、災害や死をもたらしていた、ゴリゴリに強い女神様ですよ。むしろカッコいい以外なくないですか？」

何でカッコいいと思わないんだ、ぐらいの調子で聞かれた翼飛は、

「そう……かもな？」

と押し切られている。昂宇か俊輝なら、

『魅音の感覚は俺たちとは微妙に違うから、気にしなくていい』

と口添えしたことだろう。しかし今、魅音と翼飛の噛み合わなさを調整できる者は、ここにはいない。

「とにかく翼飛様、そういうことなら、昂宇の魂を連れ去ったのは西王母様ってことになるんで

しょうか?」

神仙が気に入った人間に目をつけ、神隠しという形で連れ去る……という話は昔からあり、珍しくはない。

「うん。この件に関しては、燕貞は関係ないんだろう。口八丁《くちはっちょう》で色々やれる燕貞が、わざわざ魂を抜く術を使う必要なんてないし、そんな高等術なんか使えそうにないしな」

翼飛があれこれ聞き込んでみると、宏峰の領民たちは、海建が都でやらかしたことなどちっとも知らなかった。どうやら、海建・燕貞親子はうまいことを言って、

『自分たちはいわれのない罪で先帝に追放された被害者である』

と吹聴《ふいちょう》したようだ。

先帝の人徳がなさ過ぎて、利用されてしまったわけである。

「なるほど、そうやって同情をかって、燕貞は中央に取り立てられたいわけですね」

魅音が呆《あき》れると、翼飛も同じことを思っていたようで、苦笑する。

「そういうことだ。つまり、土地神が暴れたってのも嘘っぱちだろう。狐仙堂やら何やらが壊れたのも、神になった父が息子の不遇に怒って暴れてる、ってことにしたいがために、自分で壊したんじゃないか?」

そして、彼はパンと両手を打ち合わせる。

「てなわけで、昂宇の魂をどうこうしたのが燕貞でないなら、どうでもいい。そっちの件はもう放っておこう」

「燕貞のこと、問い詰めなくていいんですか？」

「あいつは、領民を集めて大規模な祈祷をやる！　とか言って忙しそうにしてたな。好きにさせておけばいいさ。何かこれ以上やらかそうってんなら、締め上げてやるが」

鼻で笑う翼飛である。

「で、だ。西王母が昂宇の魂を連れ去ったのだとして、どうしたらいい？　あんた、そういうのに詳《くわ》しいんだろ？」

「それはやっぱり、西王母様に『返してほしい』とお願いするしか」

「ああ、それなら俊輝が、昂宇を返してもらえるように方術士や僧たちに祈りを捧げさせるつもりだと言っていた」

翼飛は言うが、魅音が言っているのはそういうことではない。

西王母に直接会って、頼むのである。

（こっちから呼び出せるようなお方じゃないし、さてどうするか）

魅音も今は人間で、いずれは死ぬ存在なので、死んだら冥界で会うだろう。しかし、死ぬまで待っているわけにはいかない。

しばらく考え込んでいた魅音は、きっ、と顔を上げた。

「こういったことに詳しい方に、ご相談してみようと思います」

「そんな人物がいるのか？」

「人じゃありません」

魅音は首を横に振る。

「泰山《たいざん》娘　娘《にゃんにゃん》です」

「あァ⁉」

翼飛が、何を言っているんだ？　という顔で顎を突き出した。

泰山とは、照帝国のちょうど中央、樹海からその威容を覗《のぞ》かせている高い山である。頂上に天帝が住んでいるとも言われ、霊峰として信仰の対象にもなっていた。

この山を管理しているのが、泰山娘娘と呼ばれる女神である。『娘娘』は、高貴な女性を呼ぶ際の尊称だ。

「西王母という女神について、別の女神に相談しようってのか？」

「そうです。詳しくは言えないんですけど、私ちょっとご縁があって」

あっさりと言う魅音に、

「ちょっとご縁が、って」

もはや翼飛はどこから突っ込めばいいのかわからないといった様子だったが、やがてガハハと笑い出した。

「あんた本当に、何か不思議な力を持っているようだな。わかった、任せる！」

「任されました！」

両のこぶしを握ってみせる魅音に、翼飛はさらに聞く。

「しかし、まさか泰山まで会いに行くのか？　樹海を突破して？　一ヶ月はかかるぞ」

「お話だけなら、すぐそこでできるんですよ」

魅音は、ちょい、と東の方角を指した。

「後宮で」

「後宮って、俊輝のか？」

「そうです」

魅音はうなずく。

「天昌なら、私の足で二日。ちょっと行ってきます」

「軍馬と船で四日はかかるはずなんだが、もうそこは突っ込まないことにする！　とにかく、今日は長旅で疲れてるだろ、休んでくれ」

彼はポンポンと魅音の肩を叩いてから、「こっちに飯を運ばせるから」と言いおいて寝室を出ていった。

戸が閉まる。

静けさが、寝室に満ちた。

魅音は、寝台を振り返った。ゆっくり近づくと、その端に腰を下ろし、もう一度昂宇の顔を覗き込む。天蓋《てんがい》を見上げる昂宇は、ごくわずかだが、呼吸をしているようだ。

両手でそっと、彼の右手を持ち上げてみる。

半年前、狐姿の魅音を膝に抱いて尻尾を撫でた温かな手は、今はひんやりとしていた。

思わず、文句を言う。

「何やってんのよ……」

それが呼び水にでもなったかのように、目頭《めがしら》が熱くなった。

ぽろり、と一粒、魅音は涙をこぼす。

(何となく、昂宇とはいつかどこかで、また会えると思ってた。でもまさか、魂を抜かれたこんな姿で、なんて)

ぐい、と左手で涙を拭《ぬぐ》う。そして魅音は、彼を励ますように言った。

「しょうがないなぁ。迎えに行くから、待っててよね」

そして、魅音は勢いをつけて立ち上がると、部屋の中を見回した。卓子《つくえ》に筆や硯《すずり》などの筆記具が置いてあるのに目を留める。

「故郷にすぐには帰れない。旦那様に、文を書いておかないと」

魅音は県令に宛てた手紙を書いた。翼飛に頼めば、届くようにしてくれるはずだ。

書き終えた魅音は、もう一枚、紙を目の前に置いた。

(翠蘭お嬢さんにも書こう。大事な人を助けたい、って。……お嬢さんのお世話もせずに好き勝手してたら、クビになっちゃうかな。でも……)

考え考え、魅音は今の気持ちを書き記していった。


晩秋の枯れた野原がどこまでも広がる中、整備された街道を、一匹の白狐がひた走る姿があった。

時々、里標を確認してはまた走り、川に行き当たれば船に潜り込み、船着き場で船から飛び出して船頭を驚かせ、また街道を駆ける。

そうして白狐がたどり着いたのは、照帝国の首都・天昌だ。

天昌城とも呼ばれる、外壁に囲まれた巨大な城塞が、夕陽に照らされてそびえている。ドーン、ドーンという太鼓の響きは、閉門の合図だ。

門といってもそれ自体が建築物で、一階部分に両開きの扉が三つある。最後の商隊が中に入ると、全ての扉が軋《きし》みを上げて、ゆっくりと閉まり始めた。

商隊の荷車に潜り込んでいた白狐は、閉まる門の影に紛《まぎ》れるようにして飛び出した。そしてそのまま、あっという間に姿を消した。


新皇帝・俊輝が先帝を討ってから、そろそろ一年が経とうとしている。

夕食の後も公務を片付けていた俊輝が、皇城の奥、永安宮《えいあんきゅう》の自室に戻ってきたのは、夜もすっかり更《ふ》けてからのことだった。

灯《あか》りの入った灯籠《とうろう》がぼんやりと照らす室内で、一人の時間にホッと息をつく。

ふと見ると、床に何か丸いものが落ちていた。

小さな松ぼっくりだ。

（……？）

そこはちょうど窓の下だったが、窓の近くに松の木はない。枯葉が舞い込むならともかく、松ぼっくりが風で飛んできて格子の隙間から室内に入る、というのは無理がある。

（誰かが……投げ込んだ？）

はっ、と俊輝は身を翻《ひるがえ》し、内院に通じる戸を開けた。

内院はぐるりと廊下に囲まれており、梁《はり》に描かれた彩色画が俊輝を見下ろしている。廊下から石段を下り、彼はあたりを見回した。

すると、植え込みの陰に、白くフワフワした丸いものがある。

俊輝は苦笑しながら、その脇に屈《かが》み込んだ。とがった大きな耳の近くで、呼ぶ。

「魅音」

『…………っはっ！』

パッ、と白狐が顔を上げた。

『寝てた！』

ぷっ、と俊輝は吹き出した。

「宏峰から走って来たのか？　疲れただろう、中に入れ」

『あ、でも私、だいぶ汚れて』

「気にするな。ゆっくり話をしなきゃならないのに、この俺を寒空に晒《さら》しておくつもりか？」

『ふぁい』

トコトコと魅音が中に入り、俊輝は戸を閉める。

部屋の主が使う椅子のそばには火鉢が置かれ、鉄瓶が湯気を立てていた。俊輝はながいすを運んできて、魅音を促す。

「だいぶ待ったんじゃないのか？　ほら、座って温まれ。……元気にしていたか？」

『おかげさまで』

言いながら、魅音は狐姿のままながいすに飛び乗った。人間の姿に戻った場合、万が一目撃されたら『皇帝の部屋に女がいる！』と面倒なことになってしまうので、ここに来るときは基本的に狐姿だ。

「いきなり呼び出して悪かったな。驚いただろう」

『あれ、昂宇が書いたんですよね』

魅音は手紙の件について俊輝に尋ねる。

『倒れる前に、書いたものでしょう？』

「倒れたとき、懐に持っていたのを、翼飛が見つけた」

俊輝は大ざっぱな手つきながら、茶を淹《い》れる準備をした。元軍人の彼は、割と何でも自分でやるのだ。

「あいつは前から、魅音が皇城にいてくれたら、と言っていた。魅音を呼び戻せるとしたら皇帝の妃という形しかない、と思ったようだな。しかし、翠蘭ではなく魅音を妃にするなら身分が必要だ、翼飛なら引き受けてくれる……という流れで考えたんだろう」

『そうなると私、天雪の姪《めい》になるんですけどっ。それに、陛下の文が魅音宛《わたし》ってことは、私を知ってる、つまり私が翠蘭お嬢さんの身代わりをやったのがバレてた、ってことになるじゃないですか！』

俊輝が『翠蘭』に『魅音』と名をつけたのは方便で、正式に改名したわけではないし県令にも知らされてはいない。後宮内だけの通り名のようなものだ。

だから、下女の魅音宛に手紙が来るのは、明らかにおかしいのである。

手紙を読み、宛名をもう一度見た県令の顔色がみるみる悪くなっていったのを、魅音は覚えている。

俊輝はニヤリとした。

「つまり『この俺を騙《だま》そうとしたことは不問に付すから、魅音を差し出せ』と、県令を脅したことになるな」

『そういうとこ、意外と策士ですよね陛下って！　あの家にいたくて私、帰ったんですけど⁉　学ぶのはまあ、百歩譲ってどこでもできるとして、翠蘭お嬢さんがいるのはあの家だけなんですからっ』

「だが魅音、昴宇がこういうことになっていると知れば、お前はどんな手を使ってでも来るだろうと思った。違うか？」

『それはまあ、違いませんけどっ』

魅音はムスッと答える。

かつて、狐姿で昴宇を癒したあの時。

彼女は心の中で、とっくに決めていたのだ。昴宇に何かあった時は必ず助けに来る、と。

『知らせてくれなかったら、陛下のこと恨んでましたよ、たぶん』

「そうか。それは怖いなぁ」

『嘘ばっかりっ。……昂宇、まるで、死んでるみたいで』

語尾が少し、かすれてしまった。

俊輝の視線が、労《いた》わりの色を帯びる。

「うん」

『そりゃ、人間はいつかは死にますけど……ただ死ぬんじゃなくて、囚《とら》われた魂が苦しい目に遭ってるかもしれない。想像すると、私も、苦しくて』

目を伏せた魅音の鼻に、皺《しわ》が寄っている。

「うん」

うなずいた俊輝は、頭をかいた。

「……困ったな、最後の切り札のお前がそんな様子だと、調子が狂う。そうだ、お前が来そうだと思って、黄身餡《きみあん》の饅頭《まんじゅう》を用意させていたんだった」

腰を浮かせた俊輝の袖に、魅音は素早く前足の爪をひっかけて引き留めた。

『要りません』

「あ？　どうした、大好物じゃないか」

『だからこそです』

魅音は、きっぱりと宣言する。

『私、願掛けします！』

「願掛け」

『はいっ』

気を取り直すかのようにブルブルッと身体を震わせ、魅音はキリッと鼻面《はなづら》を上げた。

『昂宇が助かるまで、「卵断ち」します！』

「無理だろ」

『何で即座に言い切るんですか⁉　しますったらします！　私たちみたいな存在が制約をかけると、効果バツグンなんだからっ』

「ははは、わかったわかった」

俊輝は魅音の頭に手を載せ、毛並みを整えるように撫でた。

「照帝国には昂宇が必要だ。俺の役目は先帝を討ったように『壊す』こと、しかし昂宇はその上に新しく『築く』奴だと思っている。ともに、昂宇を助けよう」

『はいっ』

「お前が来るまで、俺も手をこまねいていたわけではないし、珍艶蓉《ちんえんよう》の時は俺の攻撃も通用した。今回も、できることがあるなら何でもやる」

『私も何でもやりますよ。この際、しばらく翠蘭お嬢さんと一緒に暮らせなくても仕方ないっ。昂宇を助けるためなら！』

彼女の吊り目は真剣だ。

俊輝は見つめ返し、ちょっと眉尻《まゆじり》を下げる。

「お前にそこまで言わせるとは。何というか、妬《や》けるな」

『へ？』

首を傾《かし》げると、俊輝は笑い出す。

「ははは、冗談だ。で、翼飛には会えたんだよな」

『あ、はい』

魅音は、翼飛と話した内容を、俊輝に伝えた。

土地神が暴れているというのは、おそらく燕貞の仕込みなので放っておくつもりであること。

昂宇は西王母に連れ去られた可能性が高いということ。

そうなると人間だけの手には負えないので、他の神仙に相談しようと思っていること。

「泰山娘娘が、力になってくれるというのか？」

『はい。娘娘は、狐仙のことを「同じ気を持っている」と近しく思って下さって、神仙たちから下に見られていた狐仙たちを泰山に住まわせ、守って下さってるんです。母同然の方です』

「それはありがたい」

俊輝が、希望が見えてきた、という様子で目をきらめかせる。

「俺からもお願い申し上げなくてはな。で、後宮で娘娘と話ができるというのは、一体どういうことだ」

『後宮には、泰山を模した小さな山がありますよね』

魅音は両方の前足を合わせて、山の形を示してみせた。

『その上には、ちゃんと泰山堂がある。泰山娘娘が祀られている堂です』

妃たち、あるいは宮女たちが参拝できるよう、後宮内には様々な神仙の堂があるのだ。

『狐仙である私が、泰山堂で娘娘に呼びかければ、応えて下さるはずです。ただ、そのためには正式な手続きを踏まないといけません』

魅音はきょろりと目玉を回した。

『決まりを守ることには厳しいんですよねぇ、娘娘……』

「正式な手続きとは、どういう？」

『後宮の泰山なので、よそ者が入ってはいけません。つまり、私が後宮に属さないといけないんです』

「なんだ」

俊輝は拍子抜けしたかのように、肩の力を抜いた。

「やっぱりお前、また俺の妃になればいいんじゃないか。……あ、いや」

『何です？』

魅音が聞くと、俊輝は顎を撫でた。

「ちょっと、昂宇の文のことを考えていた」

『あー、翼飛様の養女になった上で妃に、っていう？　いやいやいやいや』

右の前足を、魅音はブンブンと振った。

『そこまでしなくても！　妃である必要はなくて、宮女でいいんですよ宮女で。陛下、一時的に私を後宮で雇って下さい！』

「わかった。そうしよう。……ああ、それなら」

俊輝は、何かいいことを思いついた、というような不敵な笑みを浮かべた。

「医局の人手が足りないらしいから、行ってもらうとするか」

その二　かりそめの後宮

昂宇は、熱病にかかって死にかけたことがある。五歳の頃のことだ。

その頃の彼は、まだ『王《おう》昂宇』だった。

衛尉寺卿《えいいじきょう》（ここでは天昌の警備長官）の長男として生まれ、年子で弟がおり、その下に妹が生まれたばかり。幼い弟妹に病気をうつさないようにと、彼は離れに隔離され、使用人に世話をされていた。

あまりの高熱で水さえ吐いてしまうので、薬湯も飲めずにひたすら朦朧《もうろう》と、夢の中を漂う。

ふと気づくと、彼は、深い森の中にいた。

（ここ、どこ？）

地面は急な勾配《こうばい》で、山の中かもしれない、と思い至る。

身体を、甘い匂いが包み込んでいた。見回してみると、薄紅色の実を重たげに実らせた桃の木が、ぽつんぽつんと生えて山頂の方へ続いている。

逆に山裾《やますそ》の方を見下ろすと、木々の合間に深い淵《ふち》が広がっているのが見えた。

涼しげな翡翠《ひすい》色に引き寄せられるように、淵に近づいた。そして、覗きこんでみる。

水はどこまでも深く、ストンと落下しそうなほど澄み渡っていた。水草が柔らかく揺れ、銀の魚がすぅすぅと泳いでいる。

いや、魚ではない。

（人だ！）

水の中には、何人もの人間が沈んでいた。しかし、彼らはまるで空を飛ぶように、ゆったりと袖《そで》をはためかせ、水の中を移動している。

（水の中で、くらしているのかな。冷たくて、きもちよさそう。いいなぁ）

ふと、水面に焦点が合った。

映っている景色は、白くけぶる靄と、そこに浮かぶ眉のようになだらかな紫色の峰々。その映像が昂宇に迫り――

――瞬きをした時には、水の上に一人の女性が立っていた。

白くけぶるような肌になだらかな眉、くっきりと赤い唇。結い上げた髪は金の簪《かんざし》で飾られ、ふくよかな身体を包む紫の衣には、銀糸の魚が泳いでいる。

唇が開き、低く落ち着いた声が響いた。

『お前、陽界の人間だな。なぜここにいる』

特に責めるような響きではなく、淡々としていたので、恐怖は感じなかった。昂宇は戸惑いながらも、素直に答える。

「わ、わかりません……お熱がでて、それで」

『死にかけて、迷い込んだか。しかし、こちらの住人になるには、まだ早いようだ』

女性は、顔を上げるとどこへともなく呼びかけた。

『玉秋、この子を送っておくれ』

すると、姿は見えないけれど、木々の合間から声がした。

『あたしの役目は、大姐《ねえさま》を守ることだもん。ぜーったいに離れない。他のヤツに送らせればいいじゃん！』

（え、今のこえ、だれだろ）

昴宇は目を凝らしてみたけれど、やはり何も見つからない。

『やれやれ』

女性はため息をつくと、ゆっくりと水面を見回した。

『何人か、この子を送っておくれ』

すると、丸いものが二つ、ぷかり、ぷかりと浮かび上がった。

（人の、あたま、だ）

昴宇が目を見張っていると、二人、すうっと水から上がって水面に立った。老人が一人と、若い男が一人。表情はなく、血の気の通わない肌をしていて、目は青く光っている。

「幽鬼……」

思わず、つぶやいた。

『こやつらが、陽界に姿を現す時は、そう呼ばれるな』

昂宇に視線を流し、女性は続ける。

『しかし、ここの、ごく普通の住人だ。生まれ変わる前に、前世の疲れをここで癒している。生きる者は必ず死んで、まずはここに来る。お前がここに来たように、生の世界のすぐそばには死の世界、冥界がある』

それを聞いた昂宇は、思わず口にした。

「なのに、ぼくの世界に来たら幽鬼っていわれてこわがられるんだ。かわいそうだね」

女性は軽く目を見開く。

『可哀想《かわいそう》、と思うか？』

「うん。だって、あいたい人にあいに行ったら、ぎゃあああっ、っていわれちゃうんでしょ。かわいそうだよ」

『……そうだな。切ないことだ』

その唇が、柔らかく弧を描いた。

『もし、お前が幽鬼に会ったら、どうする？』

「あいたい人と、いつかめいかいであえるからまってて、っておしえてあげます！」

昂宇が張り切って答えると、女性はますます笑みを深くした。

『それがいい。夢でも会えるし、生まれ変われば同じ人間として陽界でも会える』

「あ、そうですね！　じゃあ、それもおしえてあげます！」

『うん』

不意に、スッ、と女性が滑るように移動し、昂宇のそばにやってきた。軽く首を傾げ、彼の顔を見つめる。

『良い子だね。お前、巫に向いているかもしれぬな』

「『巫』？　って、なんですか？」

『縁があれば、わかる時が来るであろ。さ、もう帰れ』

「あ、はい。じゃあぼく、またきますね、しんだら」

昂宇がそう言うと、女性は今度ははっきりと、声を出して笑った。

そして、白く冷たい手で、彼の頰を優しく撫でる。

『楽しみに待っているぞ』

女性が後ろへ下がると、二人の住人が昂宇の両側に立ち、歩くように促した。

三人で並んで、果樹の間を登り始める。不思議と、昂宇は少しも恐怖を感じなかった。

一度、振り向いてみたけれど、女性の姿はすでにない。

視界が、甘い香りの靄で、白くなっていく。


ふっ、と、昂宇は目を開いた。

寝台の天蓋と、そこから垂れる紗が視界に映る。

（……ああ……幼い頃の夢を見ていたのか……）

あの後、意識を取り戻したら熱は大方下がっていた、ということを彼は思い出す。冥界から陽界へと、帰還したのだ。

昂宇は、いわゆる臨死体験をしたのである。

（懐《なつ》かしいな）

ぼーっとしながら視線を動かし、昂宇はハッとした。

自分の寝床ではない。

（ここは？）

垂れ下がった紗の隙間から、灯籠の灯りがひとつ点っているのが見え、豪奢《ごうしゃ》な黒檀《こくたん》の家具をぼんやりと浮かび上がらせている。どこからか、白檀《びゃくだん》の香りが漂ってきていた。

起き上がってみると、身体に違和感がある。ほとんど体重を感じない。

（身体が、おかしい）

そこでようやく、昂宇の脳裏に一気に記憶が戻ってきた。

宏峰を訪れ、破壊された狐仙堂の跡で、土地神を呼び出そうとしたのだ。ところが、現れたのは冥界の女神である西王母だった。

（そうだ、西王母に連れて行かれて）

一瞬、混乱しかけたが、どうやら死んだわけではないらしい。

昂宇は、はたと、それに気づく。

（ああ、何だ……魂が身体から切り離されたのか。なるほど）

十分大変なことである。

しかし、方術士で巫でもある昂宇は、怪異に遭った人が一時的に魂を失うのも見たことがあるし、怪異から逃れるためにわざと魂を切り離す方法があるのも知っている。そのため、一般人ほどには怖がらないのだった。

よくよく見ると、彼はずいぶん煌《きら》びやかな身なりに変わっていた。

袖の広い黒い上衣、赤い裳《スカート》、金糸の刺繍《ししゅう》に玉《ぎょく》の飾り。頭に手をやってみると、結った髪に冠まで被《かぶ》せられて簪で留められている。

（まるで皇帝、いや、俊輝より豪華じゃないか。まあ、俊輝は皇帝としては地味だけど。ケチだし。……なぜこんなことに？）

西王母が話していたことを、彼は思い出して辿《たど》った。

（そうだ、陰界に後宮を作って、気に入りの巫を住まわせるとか何とか。ここがその、鏡写しの後宮か？）

瞬間、ふと、脳裏を誰かの面影がよぎった気がする。

（そう……僕は何かを隠そうとして、心を読まれないように結界を張って……でも、何を隠そうとしたんだったか）

ぼんやりして、うまく思い出せない。

しかし、ひとまずこのままにしておこうと、昂宇は判断した。

(僕が隠そうと判断したなら、自分を信じよう。それより、早く身体に戻らなくては。魄だけでは、いずれ死んでしまう)

紗をかき分けて頭を出してみると、部屋の中は無人だった。格天井《ごうてんじょう》には細やかな模様が描かれ、柱には鍍金《ときん》が施され、まるで灯籠かと思うほど大きな香炉《こうろ》が寝台の両脇に置かれている。

履《くつ》は履いていたので、そのまま寝台からすべり降り、戸口の方へ歩いた。魂だけのせいか、足下がふわふわする。

耳を澄ませて外の気配を探り、何の物音もしないのを確かめてから、昂宇はそっと戸を開こうとした。

(……開かない)

部屋の中から見たところでは、特に閂《かんぬき》やつっかえ棒の類《たぐい》はないのだが、戸はびくともしない。戸の横に格子窓があったので覗いてみると、美しい内院が見えた。苔むした洞のある築山《つきやま》に、枝ぶりのいい松が影を落としている。

庭を囲む建物は豪華で、朱塗りの柱には鳳凰《ほうおう》などの瑞獣《ずいじゅう》が描かれ、軒下にはここにも細やかな彩色画が描かれていた。

(位の高い人物が住むような場所であることは、間違いないな)

空にはうっすらと、紫の霞《かすみ》がたなびいている。しかし、夕方なのか早朝なのか、時刻ははっきりしない。

内院を囲んで部屋がいくつかあり、部屋同士は繋がっているので自由に移動できるのだが、とにかく建物の外に出られない。どの部屋も、壺や掛け軸が飾られていたり、棚に古今東西の書物が置かれていたりと、凝った雰囲気だ。

特に豪華なある一室には、鳳凰の彫刻された椅子がドンと置かれ、その前の卓子はご馳走でいっぱいだった。酒の壺が置かれ、菓子や果物が足の高い器にこんもりと盛られ、腹が減っても大丈夫なように用意されている。

しかし昂宇は、建物全体に妖気が漂っているのを感じていた。

(何かに、閉じ込められている……!)

「おーい！　誰か、いないか！」

思い切って声を上げてみたが、返事はない。

まるで、世界に、昂宇ただ一人きりのようだった。

「……まあ、一人でいるのは、昔から慣れているが」

彼は声に出してつぶやく。

まるで、それを聞いた誰かが「そんなことないよ」と現れるのを待つように。

胡魅音の姓名、出身地、生年月日などが名簿に記載され、魅音は正式に後宮の宮女になった。

さっそく、後宮内の医局に向かう。

林を抜けると、飾り気のない平屋の建物が姿を現した。周囲は綺麗に掃き清められ、脇の小さな畑にはこの季節でも収穫できる薬草があるようで、優しい緑が広がっている。

「こんにちはー」

入口から中を覗くと、書物の積まれた棚の間から、背の高い中性的な顔立ちの女性が顔をのぞかせた。

「はい……あっ」

彼女は、目を丸くする。

「翠……魅音様！」

「久しぶり、笙鈴《しょうりん》」

魅音が笑いかけると、周《しゅう》笙鈴は瞳を潤ませた。

「本当に、魅音様だわ……！　またお会いできて嬉しいです！」

白と紺の地味な襦裙《じゅくん》（上下）を身につけた笙鈴は、医局で医官の助手をしている宮女である。

彼女の妹である春鈴《しゅんりん》は、姉よりも先に後宮で働き始めたのだが、そのまま行方不明になった。生存は絶望的だったが、笙鈴は妹の手がかりを探すため、先帝妃である珍艶蓉の怨霊《おんりょう》と手を結んだのだ。

色々あって怨霊は祓《はら》われたものの、やはり春鈴は、すでに死んでいた。笙鈴は妹を弔《とむら》いつつ、後宮の人々に迷惑をかけたことを心から反省して、今も後宮で働いている。

「あっ、魅音様、小丸《ちびまる》も元気にしていますよ。どこにいったかしら……その辺にいるはずです、呼んでみて下さい」

笙鈴に言われ、魅音はうなずくと、舌打ちを二回した。

すぐに、部屋の隅から小さなネズミが姿を現した。ちゅっ、という鳴き声。

魅音のかつての相棒、小丸である。白黒まだらの、ちょっと変わった模様のネズミだ。

ネズミは狐仙の眷属《けんぞく》なのだが、この小丸は先帝妃の件で、魅音をとてもよく助けてくれた。魅音が後宮を離れてからは、笙鈴が面倒を見ていたのである。

他の宮女に退治されないようにか、首に小さな赤い玉をつけてもらっていた。

「小丸ー！　元気そうね！　ていうかちょっと太った？」

両手ですくいあげて視線を合わせると、小丸は身綺麗にしようと思ったのか前足で顔をゴシゴシやり、つぶらな瞳《ひとみ》で改めて魅音を見て、ちゅっ、と鳴いた。

「ふふ。可愛がってくれてるみたいね笙鈴、ありがと！」

「そんな、とんでもない」

首を振ってから、笙鈴は魅音をじっと見つめる。

「……魅音様、いったいどうなさったんですか？　今度は宮女としていらっしゃると聞いて、本当に驚きました」

「あ、それ。私は元々は下女だし、笙鈴より後輩の宮女として医局に配属になったんだから、かしこまらないでね」

「いいえ。今や半妖の私にとって、本性は狐仙でいらっしゃる魅音様は、敬《うやま》うべきお方です」

笙鈴は真摯《しんし》な瞳で力説する。

「あれから、陛下が後宮内に小さな狐仙堂をお作りになったんです。私、よくお参りしているんですよ」

「うわ、ホント？　やだー照れちゃうなー、でもありがとう」

まんざらでもない魅音である。人々の祈りは、神仙の力にもなるのだった。

とにかく彼女は、昴宇の陥《おちい》っている状況について説明した。

「昴宇さんが、そんなことに」

茶を淹れてくれた笙鈴が、心配そうに顔を曇らせる。

「宦官《かんがん》として後宮にいらっしゃることがなくなったので、今どうなさっているのかは全然知らなかったんですが……」

しかし、怪異に触れたことのある笙鈴は飲み込みが早い。魅音が続けて説明すると、すぐに理解したようだ。

「なるほど、それで泰山娘娘に知恵をお借りしに行くんですね」

「うん。今日この後、陛下が後宮にいらっしゃって、一緒に泰山のお堂に行ってみることになってるの」

笙鈴は微笑む。

「あそこのお堂は、霊験《れいげん》あらたかだといって先輩宮女もよくお参りしていました。魅音様も昴宇さんも、お妃様方や私を助けてくださった方。きっと、泰山娘娘も話をお聞きになったら、力を貸してくださるはずです」

「そうね。もし私だけじゃ手に負えないことが起こったら、笙鈴、力を貸してくれる？」

「もちろんですとも！」

笙鈴は大きくうなずいた。

「ええと、じゃあ魅音様は今日から、宮女の寮に滞在されるんですか？」

「一応そういうことになってるんだけど、今後どうなるかわからないからなぁ。すぐに解決しなかったら、後宮を拠点にしてあれこれするかもしれないでしょ。宮女たちと一緒に暮らすのはちょっと」

「それじゃあ、この医局で寝泊まりしますか？　患者用の寝台のある部屋がいくつかあるので、私も泊まってるんです」

「え、笙鈴、ここで暮らしてるの？」

驚いて聞くと、笙鈴は苦笑した。

「はい……何しろ、医局は人が少ないので。私が常にここにいて、急患があったら医官様をお呼びに行くんです」

「うわぁ、大変ね。気が休まらないんじゃない？」

「いえ、私も寮で過ごすのはちょっと……宮女たちと同部屋だと、着替えの時に見られてしまうかもしれないので」

笙鈴はちらりと、袖をまくった。

その右腕には、織物に使う杼《ひ》（緯糸《よこいと》を通す道具）が埋め込まれていた。

笙鈴の身体は、春鈴の形見である杼が妖怪化したものと半ば混じり合い、半妖となっているのである。

「この糸は霊力で紡《つむ》いだもので、今でも操れます。もし、私でお役に立てることがあったらおっしゃって下さい」

笙鈴の気持ちに応えるように、杼の中央の糸巻きがキュルルと回転した。


後宮の北東には、冬も緑の沿階草《リュウノヒゲ》が低く茂り、樹海さながらに広がっている。

そしてその中に、泰山に見立てられた山、いわば小泰山があった。

夕闇に沈みつつある正面の階段を上っていくと、両脇に等間隔に点された灯籠の灯りが、まるで怯《おび》えるかのように小さく揺れている。

上り切ったところに、朱色の壁の堂があった。立派な門の瓦屋根の下に、『泰山堂』という額がかかっている。

「俺は、ここに来るのは初めてだ」

俊輝が額を見上げ、魅音もつられるように見上げた。

「まぁ、後宮の女性たちのために建てられていますしね。入ってみましょう」

二人は、開いていた戸から中に入った。奥に祭壇があり、色鮮やかに塗られた女性の木像が、こちらを見下ろしている。

泰山娘娘である。

二人は木像の前で膝《ひざ》をつき、両手を重ねて頭を垂れ、まずは祈りを捧げた。

「……さて、魅音。どのようにしたらいい？」

立ち上がった俊輝が聞くと、魅音はあっさりと答える。

「普通に、呼びかけます」

両手を筒の形にして口元にあてた彼女は、声を張り上げた。

「娘娘！　魅音です－！　泰山娘娘！」

少しの間、堂の中は静まりかえる。

やがて。

『魅音っ⁉』

桃色の霧がブワッと膨らんだ、と思うと弾け、木像の前にふくよかな女性の姿が現れた。半分透けているが、垂れ目の表情豊かな顔ははっきりと見える。

『まあまあ、魅音、元気そうじゃないの！　まったくあんたって子は、人間に生まれ変わってから全然連絡してこないんだから！』

しもぶくれの頬をさらにプリプリと膨らませ、その女性は両手を腰に当てた。魅音は両手を合わせる。

「ごめんなさーい、えへへ。あ、娘娘、こちらは照帝国皇帝の俊輝様」

『あらあらこれはこれは、陽界の皇帝陛下！』

女性は両手を重ねて礼をする。

『うちの魅音がお世話になって！　ご迷惑おかけしてませんか⁉』

「…………あ、王俊輝と申します。いや、こちらこそ世話になっていて」

返事に困りながら、俊輝も礼をした。

(何だか、帰郷する友人に同行して母上殿に挨拶《あいさつ》してるみたいだ。いや、母同然とは聞いていたが程があるというか)

その泰山娘娘の後ろから、数匹の茶色の狐たちが姿を現した。魅音を目に留めると、まるで踊るように飛び跳ね、キュウン！　キャンキャン！　と楽しそうな鳴き声を上げる。

『こらこら、あんたたちは試験勉強中でしょ！　集中！　あっちに行ってなさい！』

娘娘のお叱りに全くめげない狐たちはますます騒ぎ、娘娘は『魅音、ちょっと待ってて！』とてんやわんやの様子だ。

魅音は「加油《がんばれ》ー！」などと手を振っている。

「試験勉強？」

俊輝が魅音に聞くと、魅音はうなずいた。

「今年は、六十年に一度の狐仙試験の年なんです。泰山娘娘が試験官として実施して下さるんですが、合格してやっと、狐仙修行を始められるんですよ」

当然、俊輝には初耳の話である。

「六十年に一度しかないのか。よほど運がいいか、長生きするかしないと、まず試験を受けられないな」

「です。まずはそれで篩《ふるい》にかけられるわけですね」

運も含め、普通の狐では狐仙になれない、ということらしい。

「ちなみに、どんな修行をするんだ？」

「まず最初は、鳥語です」

「鳥語」

「はい。鳥語を習得してからじゃないと、人語は教えてもらえないんです」

「……俺には理解の及ばない規定があるんだろうな……」

俊輝が素直に感心していると、泰山娘娘が戻ってきた。

『はー、待たせてごめんなさいね。やれやれ、ホント騒がしいったら。……それで？　何があったの？』

彼女は、軽く首を傾げる。

『気にはなっていたのですよ。後宮の名簿に、魅音の名が記されたので』

陽界では皇帝、陰界では天帝を頂点として、同じような官僚機構がある。魅音も俊輝の後宮の宮女となり、陽界の階級の一つに収まったことになる。

二つの世界は見えないながらも重なり合っているため、神仙はそれを把握しているのだ。

「お気づきでしたか。実は……」

魅音と俊輝は代わる代わる、現在の状況を説明した。

『それで西王母様にお会いしたいのね。なるほど』

泰山娘娘は、片頰に手を当てて考え込む。

『でも、私のように、呼び出せば会えるというものではありません。まずは土地神などの神に願い出て、そこから上へ、上へと取り次いでもらうことになります』

「わーん、そんなところまでこっちの宮廷と同じー！」

『それに魅音、そもそもあなたの今の身分では、会っていただけないでしょうねぇ』

つい最近、魅音の身分を上げないと俊輝の妃になれない、というような話をしたばかりだ。俊輝が尋ねる。

「陰界でも、陽界での身分は重要視されるのだろうか？」

『陽界で偉くなるのも、陰界で偉くなるのも、同じくらい重みのあることです。表裏一体の世界ですから、陰界でも同じように尊重されますよ、陛下』

泰山娘娘はその言葉通り、俊輝を『陛下』と呼んでいる。

「なるほど。だから魅音も俺には丁寧《ていねい》な口を利くんだな。一応」

俊輝が横目で魅音を見下ろすと、魅音は意外そうに答えた。

「一応ぉ？　すっごく尊重してるつもりなんですけど」

「どうだかな」

そんな二人を面白そうに見つめながら、泰山娘娘が天を指すように指を一本立てた。

『要するに、魅音が陽界で高い身分になれば、西王母様に会える可能性は高まる。そういうことですね』

「じゃあ結局、翼飛様に養女にしていただいて陛下の妃になった方が、話は早かったってことですか。なら仕方ありませんね。陛下、よろしくお願いします！」

魅音はスッパリ切り替えて、頭を下げる。

俊輝は腕組みをした。

「……俺はいいんだが、今度こそ正式に妃、となると、昂宇が戻ってきた時に悲しむかもしれないぞ」

「え、何で悲しむんです？　昂宇が文に書いた通りにしようとしてるのに」

男心（人間の）がわからない魅音が無神経なことを言っていると、不意に「カァ、カァ」という声がした。

陰界にいる泰山娘娘の肩に、一羽の烏《からす》が舞い降りる。再びカァと小さく鳴き、娘娘の耳元で何か話しているようだ。

『ん？　……おやおや？』

泰山娘娘が、目を丸くした。

『待ってちょうだい、魅音。鳥情報網で伝わってきたんだけど、西王母様は今、冥界にはいらっしゃらないんですって』

「えー⁉」

魅音はあわてる。

「じゃあ、どちらに⁉　昂宇は一緒なんでしょうか⁉　居場所をどうやって突き止めれば」

『違うの違うの、居場所はわかってるの』

娘娘が両手を振る。

『魅音、あなたがいる後宮の真裏に、西王母様と難昂宇はいるみたいよ』

「真裏……？」

顔を見合わせる魅音と俊輝に、泰山娘娘はうなずく。

『西王母様はどうやら、陰界に後宮をお作りになったらしいわ。陽界の後宮を鏡写しにして、そこのすぐ裏側に』


皇城に夜のとばりが降り、月が煌々《こうこう》と瑠璃瓦《るりがわら》を照らしている。

灯籠を持った宦官に先導され、魅音は俊輝とともに後宮の渡り廊下を歩いていた。向かっているのは、極楽殿《ごくらくでん》。以前、俊輝が妃たちに称号を叙《じょ》した場所である。

待合に使われる一室に入ると、急に空気がキラキラと輝き始めたような気がした。灯りが増えただけではない。三人の美しい妃たちが待っていたからだ。

色鮮やかな襦裙を身にまとい、玉の簪や耳飾りを揺らす、李美朱《りびしゅ》、江青霞《こうせいか》、白天雪である。

卓子を囲み、茶を飲んでいた彼女たちが、俊輝に挨拶するために立とうとし、そして。

「…………魅音っ⁉」

全員が面白いくらいに声を揃え、目を丸くした。

妃たちは、俊輝がここに集めた。泰山娘娘の話から、表と裏の後宮を行き来する可能性が出てきたためである。

『そうなると、魅音を見かけて驚く者もいるだろう。今さら陶《とう》翠蘭の身代わりだった件を隠してもしょうがない、妃たち全員に先に事情を説明してやれ』

という理由からだ。

もちろん彼らしく、合理的に全員でこれから食事会である。時間が遅いので、夜食会、といったところか。

俊輝の大きな手が、魅音を軽く前に押し出した。魅音は（気まずぅー！）と思いつつも、えへへと照れ笑いする。

「ええと……また、お世話になります」

美朱が勢いよく立ち上がり、駆け寄ると、両手で確かめるように魅音の頬を包んだ。

「アザは⁉　消えたのね⁉」

「あっ、えっと、原因がわかって今度こそ完璧《かんぺき》に治りましたっ。ご心配おかけして、本当に申し訳ありません！」

本気で心配をかけたので、本気で謝る魅音である。さすがにもう二度と、仮病を使うつもりはない。

「よかった……」

あからさまにホッとした美朱は、何やら我に返ったようにハッとして視線を逸《そ》らす。

「ま、全く。後宮を出たり入ったり、忙《せわ》しない人ね！」

すぐに青霞と天雪も駆け寄ってきた。

「うふふ、魅音！　やっぱり思った通りでした。治って戻ってきそう、って言ったでしょう？」

天雪はニコニコだが、青霞は戸惑っている。

「でも魅音、どうしてこんな格好してるの？　まるで宮女じゃない」

以前に来たときも、妃としては地味な方だったが、今の魅音の格好はいかにも宮女である。

「実は、こっちの方が本来なの……なんです。嘘をついてて、ごめんなさい」

魅音は、自分が県令の家の下女であること、前回は陶翠蘭の身代わりで後宮に来ていたことを打ち明けた。

美朱が眉をつり上げる。

「何てこと。いえ、魅音のこと怒ってるんじゃないわ、その翠蘭よ。陛下を騙すために下女を送り込むなんて！」

「魅音の方から提案したらしい。そして俺を騙した件については、前回の働きによって不問に付した」

俊輝が助け船を出す。

「そういうことでしたら、慈悲深い陛下のご判断に従います」

美朱は両手を重ね合わせて礼をしたが、すぐに俊輝と魅音をまっすぐ見つめた。

「まずは、魅音が戻ってきた理由をお聞かせ下さいませ」

夜食や酒が運ばれ、宮女たちが下がると、魅音は今回の件について妃たちに話した。俊輝は口を挟まずに見守っている。

「昂宇さんが行方不明に……何だか、神隠しみたい」

天雪は心配そうに両手を握りしめ、青霞は納得したようにうなずく。

「それで、魅音が助けに来たのね。あなた何か、不思議な力を持っているものね」

妃たちは、魅音の本性が狐仙だとまでは知らない。しかし、全員が一度は彼女に助けられているため、『魅音はなぜか怪異に強い』『そういう人っているわよね』くらいの認識を持っている。

それにしても、さすがに泰山娘娘に力を借りる件については、驚いたようだ。

「何というか、本当にいらっしゃるのね。泰山娘娘って」

美朱が感心したようにつぶやき、天雪は首を傾げる。

「魅音はどうして知ってたの？　お会いできる、ってことを」

「ああ、知ってたんじゃないです。夢枕《ゆめまくら》に立ったんですよ、泰山娘娘が。後宮の泰山堂に来るようにって」

平然と嘘を言い切るのは、魅音の特技（？）である。

元々、夢は陰界と繋がっている、という言い伝えがあるのもあって、妃たちは「なるほど……」

と言いくるめられてしまった。

青霞は眉根を寄せる。

「ええと、後宮の裏側にいるっていうのは、どういう意味？」

「西王母は、陽界の後宮……つまり『ここ』を陰界に鏡写しにして、陰界にも後宮をお作りになったみたいなんです」

何とかわかりやすく説明しようと、魅音は少し考える。

「つまり、こう言っちゃ何ですけど、西王母様はまるで女帝のように昂宇を囲うために、ひとまずかりそめの後宮を作った……みたいな？」

「まぁ。無理矢理なんですよね？　ひどいわ」

天雪が憤慨する。

（そうなのよねぇ。人間なんて、神仙から見たらすぐに死ぬ生き物なんだから、こんなことしなくたって待っていればいずれは囲えるのに）

逆らう人間の魂を連れ去るならともかく、昂宇は敬虔《けいけん》で真面目《まじめ》な西王母の信徒だ。魅音から見ても、西王母の仕打ちは少々理不尽に思えた。神とはそういったもの、と言われてしまえばそれまでだが。

何か考え込んでいた美朱が、魅音を見る。

「昂宇さんは連れ去られる時、『西王母様』と言ったのよね。それが西王母様だと、見てわかるものなの？」

俊輝が口を開いた。

「普通の人間には、わからないはずだな。俺も調べてみたんだが、どうやらあいつが巫になった時の儀式が関係していそうだ。西王母の許しを得る儀式だそうだから」

昂宇を助けるため、俊輝がこの一ヶ月、調査に手を尽くしていたのであろう様子が窺《うかが》い知れる。

「儀式の時に、昂宇は西王母を見たんだと思います。巫になる許しを請い、そして許されたんでしょうから」

狐仙らしい考えを、魅音は述べた。

「それと、前に昂宇に『どうして女が苦手なの？』って聞いたことがあるんです。信仰してる女神がいるからだ、って返事だったんですけど……たぶん、それが西王母だったんでしょう」

「嫉妬《しっと》深いお方なのかしら」

「私もそう思ったんですけど、よく考えたらおかしいですよね。嫉妬深い女神に操《みさお》をたてて人間の女性に『近づかない』、っていうのはわかるけど、むしろ『近づくことができない』って感じだったので」

「西王母側から、何らかの縛りをかけられていた、という可能性もあるか」

俊輝は軽く両手を広げる。

「詳しいことは、西王母ご本人から聞かないとわからない。そのためには、鏡写しの後宮に行かなくてはな」

「はい。泰山娘娘が色々と教えて下さったんですけれど、陽界の後宮、つまりここから行けるのだそうです。身分など、条件が揃えば会うことも叶《かな》うかもしれません」

（ある意味、幸運だったかも。もし陽界から冥界まで行くとなると、天まで届く本物の泰山を登らなきゃならないもの）

そう思いながら、魅音は軽く告げた。

「陛下が身分を用意して下さるそうなので、私、ちょっくら陰界の後宮に行ってきます」

美朱が顔色を変えた。

「待って、一人で行くつもり？　危ないに決まっているでしょう」

青霞が同意する。

「そうよ、それこそ方術士か誰かを連れて行った方がいいんじゃ？」

「はい、ですから、周笙鈴についてきてもらおうと思って」

魅音が答えると、全員が「あぁ」と声を上げた。

天雪がのほほんと指先を顎に当てる。

「そういえば笙鈴は、霊感がすごーく強いんですよね。私と違って」

妃たちは笙鈴について、『妹を探しに後宮に来て、珍貴妃《ちんきひ》に利用されてしまった被害者』だと思っている。実際は珍貴妃と共犯関係だったこと、その結果として半妖になったことなどは、知らない。

ただ、笙鈴が妃たちを危ない目に遭わせたことを深く悔いており、今も後宮で役に立とうと誠実に働いていることは、好ましく思っていた。

「それなら、笙鈴は魅音の侍女ということにするか」

立ち上がりながら、俊輝が言う。

「永安宮《えいあんきゅう》に戻って、そのあたりの手続きをしてくる。……本当は俺も宏峰に行って、翼飛とあっちの件を何とかするなり何なりしたかったんだがな。魅音が後宮であれこれするなら、俺も天昌を離れない方が良さそうだ」

俊輝は陽界の皇帝なので、地位的には陰界の神々に匹敵する。そんな彼にしかできないことがあるかもしれない。

そして俊輝は、妃たちを見回した。

「俺にとっても、昂宇は親しい友人であり、優秀な参謀だ。すぐに取り返せればいいが、もしかしたら時間がかかるかもしれない。皆、何かあれば協力してほしい」

「かしこまりました」

妃たちは一斉に両手を重ね、礼をした。

俊輝が「やれやれ。スカッと暴れたいものだ……」などとつぶやきながら出て行き、女たちだけになると、その場の空気はぐっと砕けたものになる。

「魅音。陛下が身分を用意して下さる、っていうのは、今度こそ身代わりではない妃になる、という意味よね？」

美朱が確認するように尋ねて来る。

魅音が「うーん」と言葉に迷っていると、青霞が少し考えてから口を開いた。

「私は元々、宮女として責任者の位にいて、そこから妃になったけれど、魅音はそのあたりはどういう形になるのかしら」

「えーと、実はですね。白翼飛大将軍が、私を養女にして下さるとおっしゃっていて……その上で陛下の妃に、と」

「まあ！　お兄様が⁉」

天雪はどうやら、初耳だったらしい。

「じゃあ、魅音が私の姪になるんですね！　何て面白……素敵なの、お祝いしなくっちゃ！」

「いやいや天雪、これは身分を上げるために、形だけそうするだけだから」

「形だけなんですか？　本当の本当でいいでしょう？」

両手を組み合わせる天雪を、苦笑いしながら青霞が宥《なだ》める。

「天雪、ほら、ことは後宮入りにかかわるから。魅音は昂宇さんと仲が良かったじゃない？　昂宇さんがいない間に、魅音が陛下の妃になっちゃうのも……ねぇ？」

「あぁ……そうですね」

はっ、と納得した様子の天雪に、むしろ魅音が首を傾げる。

「そうですねって、何が？」

すると美朱が、とてつもなく包容力に満ち溢れた微笑みを、魅音に向けた。

「あなたにとっては、特別なことではないと思うわ。魅音と昂宇さんはとても仲が良くて、それなのに、昂宇さんのいない間に何の相談もなく魅音の大事なことが決まっていたら、きっと寂しいのではない？」

「えー、でも、昂宇を助けるためなのに」

微妙に納得が行かない様子の魅音に、天雪が身を乗り出して尋ねる。

「ね、ね、魅音。魅音にとって、昂宇さんはどんな存在なんですか？」

「どんな？」

魅音は頭の中に、昂宇の顔を思い浮かべた。

「うーん、生真面目すぎてめんどくさい時もありますし、口喧嘩《くちげんか》も割としますけど、嫌いになったことはないし、たぶん昂宇にも嫌われてないと思うし……そういう変な安心感はありますね。あ、女性嫌いだけど、いざという時には頼りになりますよ、彼」

「何でも言い合えて、頼りになる！」

「素敵！」

きゃーっ、と青霞と天雪がはしゃぎ、美朱は団扇の陰でニマニマしている。

「なるほどね。そういう人のことは、大事にしないとね」

「？　まあ、そうですね。だから、助けたいと思います」

「あっ魅音、じゃあ妃として泰山娘娘に会いに行くのよね」

何かに気づいたように、青霞が目を見開く。

「まさか、その格好では行かないわよね」

「あ」

魅音はハッとして、自分の地味な宮女服を見下ろした。

西王母に会うためにせっかく身分を高くしてもらうのに、身なりを改めない、というわけにはいかないだろう。

そのとたん、すっく、と天雪が立ち上がった。

「私の出番ですね！」

グッとこぶしを握る。

「大好きな姪のために、素敵なものを揃えます！　魅音、任せて下さい！」

「た、助かるけど、無理しないでね叔母さま」

戸惑いながら魅音が言い、美朱と青霞は笑い出してしまったのだった。


医局に戻った魅音は、筆鈴にも詳しい説明をした。

「そんなわけでね。明日、筆鈴にも一緒に来てほしいの」

「かしこまりました。私が、魅音様の侍女……ですか」

筆鈴は両手を胸に当てる。

「何だか、ドキドキしますね」

高貴な女性の侍女となれば、普通はそれなりの家の出身である。筆鈴は後宮に来る前、町の診療所で働く娘に過ぎなかったので、こんな展開は予想外だったのだろう。

「では、私が魅音様と一緒に行くとなると、医官様がお一人になってしまいますね……それでも動けるように、色々と準備をしておこうと思います」

どうやら、医官は一人で何でもこなせるタイプではないらしい。それなら、笙鈴のような気の利く助手がいないのは、なかなかに大変だろう。

「何だか悪いね、手伝えることはある？」

「お気遣いありがとうございます、大丈夫ですよ。もう遅いですから、先にお湯を使って、お休みになって下さい」

身体を拭くための湯をすでに用意してくれている、有能な笙鈴である。

魅音はありがたく身ぎれいにしてから、寝台のある一室に入った。

県令の家から持ってきた荷物は、すでにここに運んである。包袱《ふろしき》一つの小さなものだが。

「準備かー。天雪に任せっきりっていうのもアレだし、私も何か準備っているかな。身一つの方が、警戒されなくて済みそうだけど……あ」

ふと、魅音は自分の荷物を解き、中を探った。

取り出したのは、手のひらくらいの大きさの木板だ。墨で複雑な呪文《じゅもん》が書かれており、穴をあけて紐《ひも》を通してある。

昂宇が作った『霊牌《れいはい》』だ。

かつて彼は、後宮の周囲に妖怪を逃がさない結界を張ったのだが、これを持つ者だけは結界を通れるようにと作って魅音に渡してくれた。結界の消えた今ではもちろん必要のないものだが、何となく捨てずにとってある。

(……これ、持って行こうかな。お守り代わりに)

魅音は、紐を首にかけた。

そして寝台に横になり、霊牌に両手を重ねる。

(もうすぐ助けてあげるから、期待して待ってなさい、昂宇!)

その三　陰界の妃たち

「だめだ。出られない」

ドサッ、と椅子に腰かけ、昂宇はため息をついた。

彼は、閉じこめられている宮から何とかして脱出しようと、あれこれ試している。

しかし、力ずくではどうにもならず、ならば方術で……と思っても効かない。よほど強力な術がかかっているのだろう。

(窓から見た限りでは、宮の周囲も靄に包まれていて、何だか様子がおかしい。誰かが来る時だけ、道を繋ぐのかもしれないな。だとしたらお手上げだ)

困り果てて、頭をかく。

(魂の抜けた僕の身体、どうなっているだろう。天昌には連絡が行っているはずだけれど。俊輝に心配をかけて悪いな)

俊輝はおそらく、代わりの方術士を手配しただろう。

(でも、僕がなぜこうなったのか、魂が今どこにあるのかを見抜くことまではできるかどうか。幸運に幸運が重なって見抜けたとして、こんなところ、助けになんて来れるわけが……)

昂宇は首を振る。

（俊輝に無理なら、絶望的だ。父上は……『王』家は、心配なんてするわけがないし）

幼い頃、いわゆる臨死体験をした昂宇は、以来、普通の人には見えないものが見えるようになった。その上、『死』を恐れなくなった。

それが不幸なことに、彼の宗族との間に誤解を生んでしまうことになる。

俊輝の父親、つまり昂宇の叔父が亡くなった時、嘆き悲しむ彼の家族に昂宇は不思議そうに言ったのだ。

「何で悲しいの？　おじさんは冥界に行っただけなのに。しばらく会えないだけだよ」

仲の良い従兄弟だった俊輝は、その言葉に慰められたようだ。

しかし、大人たちは違った。俊輝の父の死によって、宗族内での立場が強くなるのが昂宇の父であったために、勘ぐられたのだ。

『子は親の鏡だ。昂宇が平気そうにしているのは、昂宇の親が悲しんでいないからでは？　彼らは内心、俊輝の父が死んで、喜んでいるのではないか？』

元々、大人たちの間に火種はあったのだ。昂宇のせいばかりではない。しかし、昂宇の言動が小さな火を点《つ》けてしまった。

昂宇の父はその火が大きくならないうちに、何かしらの手を打つ必要があった。

そんな時、『王』家の巫の役割を担う『難』家が、いずれ新たな『難』家の当主となる弟子を求めた。

昂宇の父は、長男である昂宇を差し出すことで、示しをつけたのである。

(『王』家を出て巫になれ、と言われて平気そうにしている僕を、不気味がっている人も結構いたしな。母上すらそうだったのを知っている。僕が、幽鬼が見えるとか言うからいけなかったんだろうけど)

しかも、昂宇は覚えていた。

熱病で死にかけた時、夢の中で出会った高貴な女性に『巫に向いている』と言われたことを。

両親に連れられ、昂宇は山の中にある『難』家を訪れた。経文の刻まれた石柱の間を通り、『難』家の当主に案内されて、参道を上っていく。

やがて、大きな廟にたどり着いた。冥界を思わせる装飾の施された、荘厳な外観だ。中に入ると、まるで林のように白い布があちらこちらから垂れ下がり、代々の当主の木像がぐるりとあたりを取り囲んでいる。

冥界を管理する西王母の祭壇の前で、儀式が始まった。

『難昂宇』と書かれた白木の札が、祭壇で焚かれた火の中に投げ入れられる。西王母と先祖に、昂宇を認め迎え入れてもらうのだ。

札はジリジリと燃え、黒い炭になっていき、最後の白い部分までが崩れ落ちる。

その瞬間、ふと何かを感じて、昂宇は顔を上げた。

祭壇の上から、西王母の塑像が彼を見下ろしている。その姿に、あの時出会った女性の姿がうっすらと重なっていた。

女性は妖艶な笑みを浮かべ、そして消えた。

自然と、彼は理解する。

（ああ。あの時会った女性こそ、西王母だったんだ）

昂宇、と、両親が背後から呼びかけた。

振り向いた昂宇は、どこかすっきりとした表情で頭を下げる。

お世話になりました、と。

『こういう運命だったんだ。あいつはもう半ば、こちらの人間ではない』

父親が、まるで慰めるかのように母親にそう言った。

そして、二人はもう昂宇に目を向けることなく、当主に挨拶をして立ち去ったのだ。

それ以来、両親とは数えるほどしか会っておらず、手紙のやりとりも形式的なよそよそしいものだ。

かつての身内は、昂宇を助けになど動かない。彼にはそんな確信があった。

（『難』家はそもそも、西王母が僕をお望みなら、どうぞどうぞと差し出す側だ。たてつくわけがない。……僕はもう、ここで暮らすことになるのかもしれないな）

陽界と昂宇を繋ぐ糸は、細く、儚《はかな》い。

（本当に？　僕はここまで、陽界に未練がなかっただろうか……）


魅音が妃たちと食事をした、翌日。

薄曇りの空の下、笙鈴を連れた魅音は後宮内の泰山に登った。堂に付属する建物にたどり着くと、そこで俊輝を待つ。

魅音は、身分が重要だと聞いた天雪によって、妃らしく飾り立てられていた。

「私の実家は天昌のすぐ東の町ですから、昨夜のうちに家にあるありったけを取り寄せたの。装身具《アクセサリー》は、何代か前にお嫁入りしてきた公主様のものもあるから、どこに出ても恥ずかしくないと思います！」

青を基調に、黄を差し色にした襦裙、繊細な細工の装身具が、魅音の神秘的な妖艶さを引き立てていた。

お供の笙鈴も、いつもの地味な宮女服ではなく、角杯宮《かくはいきゅう》の侍女のお仕着せを借りて着ていた。落ち着いた緑の襦裙の裾を、何やら居心地悪そうに気にしている。

彼女の肩には小丸が乗っていて、うつらうつらと舟を漕いでいた。

太陽が中天にさしかかる頃、ようやく俊輝が現れた。付き添いの宦官を外に置いて、中に入ってくる。

「すまん、ずいぶん待たせた。手続きに手こずっていて」

「白翼飛様の養女になる手続きが、難しかったってことですか？」

「いや、ちょっとな。新しい称号を作ったために時間がかかった」

俊輝はそんなことを言い、そして懐から何やら紙を出して広げる。

「魅音。西王母に会ったら、こう名乗れ」

紙には、俊輝の人柄を現すような堂々とした文字で、

『青鸞《せいらん》王妃』

と書かれている。

青鸞というのは、雉《きじ》の仲間の青い鳥だ。伝説の瑞鳥・鳳凰《ほうおう》は、この青鸞によく似ているとされている。

魅音はその書類を受け取って、まじまじと眺めた。

「『青鸞王妃』？　てっきり私、一時的に『貴妃《きひ》』か『淑妃《しゅくひ》』か『徳妃《とくひ》』になるのかと思ってました」

照帝国では、皇帝の妃たちは上から夫人・嬪《ひん》・婦《ふ》という身分に分かれる。称号を持つのは夫人だけで、最大四人。現在、夫人は美朱のみで、『賢妃《けんぴ》』の称号を持っていた。

魅音は、それ以外の夫人の称号を借りることになるのだろうと思っていたのだ。

俊輝は「いや」と軽く首を振る。

「俺たちは昂宇を返してほしいだけで、西王母に刃向かおうとしているわけではないからな。恭《きょう》

順《じゅん》の意を示そうと考えて、西王母ゆかりの鳥の名をつけた」

青鸞は、冥界の女神の世話をするとも言われている鳥なのである。

「なるほど」

（狐仙は鳥語がわかると話したばかりだったし、私は卵が好きだし、連想したのかな？　それにしても、『王』か。古めかしい印象の称号ね）

魅音がそう感じたのは、いくつもの国同士が争っていた時代、国は『王』が治めていたためだ。

『皇帝』は、統一帝国が生まれた後の新しい称号である。

（陛下が『王』だと、まるで昔の人みたい。現在は『王』も称号の一つになってるんだっけ？　皇帝が『王』の称号も持つってこと？　まいっか、神様相手に名乗るなら、悠久《ゆうきゅう》の時を感じさせる称号も悪くない気がする。私は『王』の妃で『王妃』、と）

ふんわりとだが、納得した魅音である。

「正規の手続きを踏んで作った称号だ。堂々と名乗れ」

俊輝に言われ、魅音は「はい」とうなずくと、傍《かたわ》らの笙鈴を見た。

「ということで、笙鈴は青鸞王妃の侍女ね。よろしく」

「か、かしこまりました」

笙鈴は礼をした。


泰山堂の本堂の前に来ると、戸口は閉じられている。その両脇には、対聯《ついれん》と呼ばれる縁起のいい対句が記された札がかかっている。

　俊輝が魅音を見下ろした。

「それでは魅音、頼んだぞ」

「はーい、行ってきます」

「無理はするなよ、昂宇が助かってもお前に何かあったら意味がない。今度は昂宇と俺が助けに行くことになるだろうからな」

「それって、皇帝を駆り出すなよっていう脅しですか？」

　魅音は笑って肩をすくめてから、戸口に向き直った。

「それじゃあ、泰山娘娘！　お願いします！」

　魅音が声を上げると、目の前で対聯の文字が、じわりと滲《にじ》んだ。泰山娘娘によって、呪文に変化していくのだ。

『陽界の後宮から、陰界の後宮へ。道が繋がりました』

　娘娘の声が、重々しく告げた。

『胡魅音、くれぐれも気をつけるように。……あっ』

　急に、声の調子がコロッと変わる。

『そうそう！　西王母様には、きちんとご挨拶するんですよ。手絹《ハンカチ》は持った？　お茶やお菓子を出されてもガッつかないで遠慮しなさいね！　それから──』

「娘娘、わかりましたからっ。とにかく行ってきます！」

魅音は、ギッ、と音を立てて戸を押し開けると、中へと踏み込んだ。

一瞬、キーンと耳鳴りがして、何か薄い膜のようなものを通り抜けた気がした。

「……あれっ。外？」

魅音と笙鈴は立ち止まり、あたりを見回す。

小さな堂に入ったはずが、逆に堂から外に出ていたのだ。前院を壁が囲んでおり、振り向くと泰山堂である。

しかし、前院にたった今いたはずの俊輝はいない。

陰界に入ったのだ。そして、陽界とは雰囲気が一変していた。

さっきまで晩秋の冷たい空気が満ちていたが、ここは妙に生暖かい。沿階草の葉が風に揺れているのだが、その動きは奇妙にゆっくりで、まるで何匹もの小さな蛇がいっせいに首をもたげているかのようだ。空には、紫の霞がたなびいている。

「西王母様は、どこにいらっしゃるのかしら。それに昴宇も。笙鈴、あなたの霊感で、何か感じる？」

魅音が聞いてみると、笙鈴は困った顔をしている。

「それが……ここに来たとたん、身体中が霊力に包まれてしまっています。まるで、建物も木々も、すべてが霊力を発しているみたいです」

「あぁー、じゃあ逆にわからないってわけね」

おそらく、西王母によって『写された』後宮は、西王母の霊力によってできているのだ。その状態では、本体（？）を探すのは難しいだろう。

笙鈴は、

「お役に立てず、申し訳ありません」

としょんぼりしている。

「いいのいいの。とにかく、堂を出てみようか」

大門であろう戸を押し開け、敷地から出る。

陽界と同様に、下る石段があった。が、階段の上から見る景色は一変していた。

少し下りたところから先が、薄紫の靄で埋め尽くされている。まるで雲海だ。そして島のように、あちらこちらに瓦屋根が頭を覗かせている。

「後宮の殿舎よね、あれ」

魅音が言うと、笙鈴が不安そうにつぶやく。

「ここを下りたら、ちゃんとあそこまで歩いて行けるのでしょうか……」

「んー。……笙鈴」

「はい」

「はぐれると危ないから、私たちを糸で結べる？」

「あ、はい！　かしこまりました」

笙鈴は右の袖をまくり、杼と糸巻きを露《あら》わにした。左手で何かつまんで引く動作をすると、きらり、と何本かの糸が宙を泳ぐ。

その糸は、魅音の腰のあたりと、小丸の首のあたりに飛んでいき、そして見えなくなった。

「繋ぎました」

「ありがと。よし、行こう」

ゆっくりと、足元を確かめながら石段を下りていく。両側にはやはり、沿階草が不気味に揺れている。

そろそろ下までたどり着く、と思った時、不意に靄が晴れて視界が開けた。

「……あれ？」

魅音は目をぱちくりさせた。

彼女たちはいつの間にか、どこかの宮の廊下に立っていたのだ。

「ここは……あっ」

目の前に、大きな絵が飾られている。犀《さい》の角で作られた、杯《さかずき》の絵だ。

それには見覚えがあった。

「角杯宮だ」

赤い欄干の廊下の先に、部屋の入口が見えた。魅音たちは近づき、開かれた戸口から中を覗き込む。

部屋の中には、何頭もの動物の姿があった。

剥製《はくせい》だ。

戸口の両脇には狼が二頭、門番のようにすっくと立ち、侵入者を見張っている。屏風《びょうぶ》の上には鶏がいて、黒く艶やかな尾が床に長々と垂れていた。隣の部屋との仕切りには丸窓が開き、立派な角を持った鹿の頭が覗いている。

足元に虎の剥製が寝そべってこちらを見ており、そのすぐ脇の卓子に虎を従えるようにして、小柄な誰かがちょこんと腰かけていた。

その人物は、魅音たちを見て、にっこりと笑う。

「いらっしゃい！」

無邪気な笑顔、明るい声。陽界では角杯宮の主である、『嬪』の妃。

「て、天雪⁉」

「あら、私のこと、ご存知なの？」

白天雪にしか見えないその妃は、嬉しそうに立ち上がった。その動きはどこかふわふわしていて、魅音はすぐに気づく。

（生身の人間じゃないわ。天雪の魂でもない。幻影？）

【天雪】は、両手を開いて袖を揺らした。

「私、気がついたらここにいたものだから、自分が白天雪だということしか覚えていないの。あなた、私とお知り合いなのね？」

「え、ええ、まあ」

ひょっとして名前を口にするのはまずかったか、と魅音はヒヤリとしたけれど、【天雪】からは邪悪な気配は感じない。本当に彼女そのもののように、ぽやぽやした笑顔と仕草だ。

（もしかして、西王母は陰界に後宮を作る時、陽界の後宮にいる人物までも鏡写しに作った？　だから、天雪にそっくりな、この『何か』がいるんじゃないかしら）

魅音が考えていると、【天雪】が尋ねてくる。

「あなた、お名前は？」

「魅音だけど。……あ、えっと、青鸞王妃の魅音です」

つい、天雪相手にするように砕けたしゃべり方をしそうになる。

「青鸞王……ごめんなさい、私は存じ上げないわ。でもいいの」

【天雪】は手招きをした。

「魅音、こちらにいらして！　面白い遊戯《ゲーム》があるの、一緒に遊びましょう」

ただの写しである彼女は、陽界の位階のことまでは知らないようだ。しかしとにかく、一緒に遊びたがるところまでそっくりである。

「ごめんなさい天雪、私、ちょっと急いでいて」

断っても大丈夫なのか、様子を窺いつつも、魅音はズバリと尋ねた。

「私、西王母様に用があって来たの。どこにいらっしゃるか、知ってる？」

「え、さあ……今、どちらかしらね」

【天雪】は、きょとんとした表情で首を傾げる。

そして、続けた。

「でも、西王母様がここにいらしたら、この先にお通しするわ」

「この先？」

「そうよ。西王母様は、後宮の奥でゆっくり過ごされるの」

大きくうなずく天雪に、魅音はさらに尋ねた。

「じゃあ私たち、先に行って奥でお待ちしようと思うんだけど、通してもらえる？」

すると、天雪は再び、にっこりと微笑んだ。

「まあ魅音、それはダメ。だって、私たち妃は、他の誰かが来たら足止めするように言われているんだもの」

彼女が言い終わったとたん。

ぐらっ、と、部屋の奥で何かが動いた。黒い、毛むくじゃらの、大きなもの。

熊だ。後ろ足で立ち上がった形で剥製になっていた熊が、ゆっくりと動き出し、前足を床についたのだ。

「どわぁっ⁉」

とっさに魅音は、笙鈴を庇《かば》いながら後ずさった。

熊は、のし、のしと歩き出す。しかし、魅音を無視して脇を通り過ぎると、部屋の反対側まで行った。

そして、そこにあった戸口の前にうつ伏せになり、動かなくなる。

「…………ん？」

ぽかん、とした魅音に、笙鈴がささやく。

「魅音様。あの戸の向こうから、今までより強い霊力を感じます」

「え、じゃあひょっとして……私たち、あそこを通って向こう側に行かなきゃいけない、ってこと？」

ひそひそやっていると、【天雪】がひょいと椅子から降りた。身軽に熊に駆け寄り、ちょこんと熊の背に腰かけると、にこっ、と微笑む。

「あなた方には、ここを通るのは無理。ね、もうあきらめて？　私とずーっと、ここで遊びましょう？」

その話し方は、単調というか、揺らぎがない。

何を言っても、たとえ怒らせようと煽《あお》っても、彼女の口調は変わらない……そんな気がした。

「ごめんね天雪、遊んでるわけにはいかないのよ。……えっと、いったん出直すわ！　お邪魔《じゃま》しました！」

魅音はビシッと挨拶をした。

そして笙鈴を連れ、部屋を出る。廊下を後戻りしながらちらりと振り向いてみたが、【天雪】は後を追ってこなかった。

二人は廊下の途中で立ち止まり、相談する。

「どうしましょう、魅音様」

「あの戸の向こう側が存在するわけでしょ。外から回ってみよう」

しかし、廊下の外は相変わらず薄紫の靄でかすんでいて、先が見通せないどころか地面すら見えない。

「行ってみないと、様子がわからないわね。よっ」

ひょい、と欄干を乗り越えた魅音の足が、空を切った。

「あっ?」

あるべきところに、地面がない。

みぞおちのあたりが、ぞわっ、とした。

身体が靄に包み込まれ、落ちていく——

「魅音様っ!」

笙鈴がとっさに、右手を引き左手でたぐる動作をした。

ぽーん、と一本釣りされたかのように、魅音は勢いよく引き上げられた。靄を突き抜け、ドサッと廊下に転がる。

「どわっ! び、び、びっくりしたぁ! ありがとう、笙鈴……!」

尻もちをついたまま魅音があえぐと、笙鈴も落ち着こうとして胸を押さえる。

「い、糸を結んでおいて、ようございましたっ」

二人は揃って冷や汗を拭い、気を取り直して確認した。

「魅音様、建物の外には、何もないんですね?」

「そうみたい。この建物だけが存在してるんだ。道は、あの戸の向こうにしか続いてないんだと思う」

「じゃあやっぱり、さっきの熊をどうにかしないといけないんですね」

「うん、そう。……そうね。問題は熊だけか、なるほど」

ふと、何かに気づいたかのように、魅音は黙り込んだ。

そして、笙鈴を見る。

「笙鈴、陽界に戻ろう」

さすがに笙鈴は驚いて「もうですか⁉」と声を上げ、魅音はあわてて言い直した。

「諦めるんじゃないよ⁉　また来る、来るけど、一回！　戻ろう！」

「か、かしこまりました！」

後戻りすると、廊下の途中にいきなり、戸が立っている。

二人と一匹が戸を押し開け、あの不思議な感覚を通り抜けると――

――そこは再び、薄紫の靄は存在しない、陽界。澄んだ冷たい空気に満ちた、泰山堂だった。

陽界の角杯宮にいた天雪は、魅音たちが来るという知らせを聞いて、ニコニコと待ちかまえていた。

「いらっしゃい、魅音、笙鈴！」

鏡写しとはいえ、やはり陰界の【天雪】と陽界の天雪では、表情は同じでも纏《まと》っている雰囲気がどことなく違っていた。生命の脈動や重みのようなものを感じ、魅音はホッとする。

「何度もごめんなさい、天雪」

今朝がた、着替えるためにここを訪れたばかりなのである。

「ううん、大丈夫です。もしかして、もう解決したんですか？」

「ぜーんぜん。入口でつまずいちゃって」

「あ、そうですよね、そんなに簡単にはいかないですよね……。お疲れ様です」

労るように言った天雪は、ぽん、と両手を合わせた。

「そうだ魅音、卵のお菓子があるの！」

「あっ」

止める間もなく、天雪は近くの棚の上から皿を取り、被せてあった蓋を開いた。

蒸して作られたのであろう、つやつやとした茶色の糕《ケーキ》が載っていた。

甘い香りと、ほんのり胡麻油の香りが交じり合い、鼻をくすぐる。すでに切り分けられており、その切り口を見ただけで、口に入れた時のモチモチふわふわとした触感が口の中に広がるような気がする。

「卵と小麦粉、それに蜜と油を混ぜて蒸してあるんですって。南の方の糕の作り方らしいんですけど、とっても美味《おい》しいの！」

「はぁあー、卵の香り！　すっごくすっごく美味しそうー！　でも私は食べるわけにはいかないのー！」

魅音は精神力を総動員し、糕から視線を引きはがした。

「それ、しまって！　天雪が食べちゃって！」

「えっ、どうしたんですか？」

皿に蓋をしつつも不思議そうにしていた天雪は、願掛けの話を聞いて納得する。

「なるほど、わかりました。じゃあ、解決したらたくさん食べて！」

「くうう、楽しみにしてる……！　あぁ、辛《つら》かった試験を思い出すわ……」

狐仙試験には、狐の大好きなものを我慢する忍耐力試験があったのだった。いわゆる『おあずけ』である。

天雪は「試験？」と不思議そうにしていたが、魅音は気を取り直して頼んだ。

「そう、それでね天雪。ちょっと協力してほしいんだ」

天雪は両手を合わせて喜ぶ。

「まあ、私に頼ってくれるなんて嬉《うれ》しいわ。何でも言って下さい！」

「ありがとう。あのね、この居間には、たくさんの剥製があるでしょ？　笙鈴に調べてもらってもいい？」

魅音の後ろに控えていた笙鈴が、礼をする。

天雪は不思議そうにうなずいた。

「ええ、もちろんいいけれど……？」

笙鈴はもう一度、「では、失礼します」と礼をし、まず熊の剥製に近寄った。そして、何か納得したようにうなずくと、鹿や狼など、他の剥製も検分し始めた。

その間に、魅音は陰界で起こったことを天雪に説明する。

「熊の剥製が、動き出して邪魔を？　わぁ……」

頬を上気させ、目をキラキラさせる天雪に、魅音は思わず苦笑する。

（見たい、って思ってるなコレ）

「でも、他の剥製は動かなかったのよ」

「まぁ……残念」

「う、うん。それでね、泰山娘娘がおっしゃるには、陰界の後宮は陽界の後宮を鏡写しにして作られたんだって。あちらの天雪まで存在していたのよ」

「わ、私が？　ちょっと不気味ですね……」

「幻《まぼろし》みたいなものだけれどね。で、もちろん剥製もあったわけ。あっちの剥製の、熊だけが動く場合、こっちの剥製の熊もやっぱり、他の剥製とは違うんじゃないかと思うのよね」

「魅音様」

笙鈴が呼ぶ。

「やはり、霊力のようなものを感じるのは、この大きな熊の剥製だけです。妖怪化しかかっているのかも」

天雪が、「ほー」と感心する。

「こちらで妖怪なら、あちらでも妖怪なんですね？　陰界は神仙の世界ですし、妖怪もこちらより強そうですね、何となく」

自分の宮の居間に熊の妖怪がいる、という話をしているのに、相変わらずのんきな天雪である。

しかし、飲み込みは早い。

魅音はつい笑ってしまいながらうなずいた。

「陰界には霊力が満ちてるから、妖怪も常に力を得ている状態なんでしょうね。……さてと、天雪。ちょっと、ここに太常寺の方術士を呼んでもいい？」

「え？　……あぁ、なるほど！」

天雪はもう一度、にっこりと両手を合わせる。

「熊さんを封じる霊符を作るんですね！」

「ご名答！」


天雪が宦官に命じて、方術士を呼んでくれた。

太常寺の方術士が、すぐにやってきた。そのいでたちは、かつて一緒に事件に立ち向かった昂宇と同じもので、魅音は何だか胸がキュッと締め付けられる。

（昂宇、無事でいるかな……いるよね、絶対）

そんな魅音に見つめられつつ、方術士は天雪に事情を聞いて、熊を検分した。

「なるほど、妖怪化するほどではありませんが、何か宿っているようですね。こちらで引き取って浄化しましょう」

「いえ、そこまでしなくていいんです。でも、そうね、動けないようにする術の霊符……なんて作れるかしら？　用心に持っておきたいの。一応、二枚！」

天雪が、指をピッと二本立てて注文した。

方術士は不思議そうにしていたが、「かしこまりました」とうなずいた。そして、卓子を借りてその場で霊符を作ってくれる。

「あくまで、急を要する時に一時的な効果を発揮するだけです。何かあったら必ず、方術士をお呼び下さい」

彼はそう言いおいて、帰って行った。

「はい、魅音。これ使って下さいな」

天雪が、霊符の一枚を魅音に差し出した。魅音はありがたく受け取る。

「ありがとう、これで何とかなりそう。天雪、こっちの熊も気をつけてね。熊ってすごく強いのよ、わかってるよね？」

「わかってるわ、気をつけます」

軽く返事をする天雪に見送られて、角杯宮を出る。

「まったくもう、本当に大丈夫かな。熊が動いたらめちゃくちゃ喜びそう」

ちょっと呆れていると、笙鈴が微笑む。

「私、お妃様方のところに定期的に伺《うかが》うので、その時に悪い力が増していないか様子を見るようにしますね」

「お願いするわ。よーし、これであの熊も封じられるかな」

「すぐに陰界に行かれますか？」

笙鈴に聞かれ、魅音は首を横に振る。

「ううん。その前に、方勝宮《ほうしょうきゅう》に寄る」

「方勝宮、ですか？」

江青霞の宮である。

魅音は説明した。

「陰界の天雪は、『私たち妃は、誰か来たら足止めするように言われた』って言ってた。『私たち妃』……ってことは、他の妃も私たちを足止めすると思う」

「あっ。じゃあ、あの熊のいる場所を抜けても、その先に青霞様や美朱様がいらっしゃる？」

「じゃないかと思うのよ」

もちろん幻影だろうが、【天雪】がいたなら【青霞】や【美朱】もいないとおかしい。

「でね、私、美朱の珊瑚宮《さんごきゅう》には行ったことあるけど、青霞の方勝宮には行ったことがなくて」

最初、妃たちは四人とも花籃宮《からんきゅう》にいたのだが、品階《ほんかい》や称号が決まってから別々の宮に分かれて暮らしている。

歩きながら、魅音はまっすぐ前を見つめた。

「どんな手を使って足止めしてくるかわからないから、せめて陽界《こっち》の方勝宮は見ておかないと」

方勝、というのは、二つの菱形をずらして重ねた、縁起のいい図案のことだ。

軒下やら窓枠やら、随所にこの図案が使われている宮に魅音たちが入っていくと、ちょうど数人の宮女たちが出てくるところだった。魅音たちに挨拶の礼をし、立ち去っていく。

青霞は居間で、卓子に広げた何かの文書を読んでいるところだった。

「あっ、魅音、笙鈴！」

彼女はハッとした表情になる。

「何か進展があったの⁉」

「ううん、ちょっと調べたいことがあって、一度戻ってきたの。急にごめんなさい」

「そうなのね、いつでも大歓迎よ。待ってて、片付けるから」

彼女は文書をくるくると巻き、紐で結んでいく。

珍貴妃の件があってから、後宮の宮女はガクッと減ってしまい、残った宮女と新人たちでどうにか回している状況だ。元宮女、しかも責任者の立場にあった青霞は彼女たちを放っておけないようで、色々と手助けしていたのだが、それが今も続いているらしい。

「忙しそうね。さっき来ていた宮女たちも、あなたをずいぶん頼りにしてるんでしょうね」

「引き継ぎがちゃんとされていない部署がいくつもあって、私が詳しいことを知ってるんじゃないかって聞きに来るの。わかる範囲で教えているわ。美朱様にもそうしてくれって言われてるし、私には他にすることとないしね」

青霞は苦笑しつつも、どこか生き生きとしている。根っから仕事が好きなのだろう。

「二人とも、お昼は食べた？」

「あ」

魅音は思わず声を上げた。すっかり忘れていたのだ。

「食べてない」

「ダメよ、大変なことをしてるんだから、食事と休憩はちゃんと取らないと。ここで食べて行って。この宮には厨房《ちゅうぼう》があるから、言えば作ってくれるわ」

「じゃあ、お言葉に甘えて！　……あ。あの、でも青霞、食事って」

ふと嫌な予感を覚え、魅音が言いかけたところで、青霞はニッコリ。

「魅音が戻ってきたから卵料理をご馳走したくて、尚食局《しょうしょくきょく》で面白い食譜《レシピ》を見つけておいたわ。『玉米卵《とうきび》』っていってね、卵と玉米を合わせてふんわり蒸すの。大豆を炒って粉にしたものをかけると、香ばしさが加わってさらに美味し」

「わあああ」

魅音は思わず耳を塞ぐ。

笙鈴はちょっと気の毒そうにしながら、『願掛け』のことを説明した。

青霞は「あら」と口元を抑え、

「じゃあ今度、昴宇さんを連れて来て。一緒に食べることにしましょ！」

と魅音を励ましながら、別の軽食を用意するよう指示してくれた。

「はぁ、はぁ。ごっ、ごめんなさい、青霞」

肩で息をする魅音を、青霞はなだめる。

「いいのよ、むしろこちらこそごめんなさいというか……。それで、私に何か聞きにきたのね？」

「ええ、そう、実は……」

魅音は、陰界に妃たちの幻影がいること、【天雪】に足止めされたことを話す。

「西王母様は通すけど、他の人は通さない、ということになってるらしいわ。角杯宮には剥製がたくさんあるでしょ。妖怪の宿った熊の剥製を操って、戸をふさいでた」

「熊！　大丈夫なの？」

「まあ、そっちは何とかなりそう。それでね」

魅音は、陰界の青霞にも足止めされる可能性が高い、という話をした。

「わ、私が⁉　こっちの私はちっとも邪魔をするつもりがないのに、そんなことになってしまうの？」

青霞は複雑な表情をしている。天雪同様、自分の幻影がいると聞いて不気味に感じているのだろう。

「そこをあえて、考えてみて」

魅音は身を乗り出した。

「もしあなたが、陰界の方勝宮で、妃として私たちを足止めしようと思ったら。青霞なら、どうやる？」

「足止め……ぇぇ……？」

「思い当たるものがあったらでいいの、ちょっと心の準備をしておきたいだけだから」

「そ、そう言われても」

片頬に手を当て、青霞は考え込んでいる。

「ごめんごめん、メチャクチャ言ってるのわかってるから大丈夫！　青霞は宮女だったから後宮のこと詳しいし、ひょっとしてと思っただけなんだ。ま、行ってみればわかるでしょ」

「待って」

青霞は、パッと目を見開いた。

「え、何？」

「妃として、って言われると思いつかなかったけど……そう、『私』が何か思いつくとしたら、宮女時代に知り得たことを利用しそう」

キラリ、と彼女の目が光る。

「妃たちって、魅音たちのことは邪魔するけど、西王母様が来た時はちゃんと通すのよね？」

「う、うん。そうみたい」

「実はね」

今度は青霞が、身体を乗り出した。

「方勝宮には、隠し扉があるの」

陽《ひ》が落ちるのがずいぶん早くなったが、辛《かろ》うじてまだ昼間らしい光があたりを照らす、午後。

魅音と笙鈴、それに小丸は再び、陰界を訪れた。

角杯宮の居間に入ると、前にここに来た時と同様に剥製たちが出迎え、そしてやはり前にここに来たときと同じ口調で、【天雪】が「いらっしゃい！」と出迎える。

ちらり、と目を走らせると、熊の剥製は戸の前にうずくまったままだ。無理に通ろうとすれば、妨害してくるだろう。

「お邪魔するわね」

魅音は【天雪】に挨拶だけして、熊の剥製に向き直った。ゆっくりと近寄る。

熊はすぐに気づいて頭をもたげ、のっそりと立ち上がった。

「あの、魅音？　危ないですよ」

【天雪】の、のほほんとした警告が、逆に怖い。

（よし、今！）

魅音は『命じた』。

天井の梁から、熊の頭めがけて、何か白いヒラヒラしたものが落ちる。

それは、霊符を咥《くわ》えた小丸だった。

小丸は見事に、熊の頭の上にポテッと着地する。その瞬間、魅音の背後で笙鈴が、左の人差し指で宙に円を描いた。

きらり、と糸が光り、熊の頭のまわりを巡ったかと思うと、小丸ごと霊符をきゅっと締め付けた。

霊符が頭に固定される。

熊はピタリと、動きを止めた。

「あっ」

【天雪】がビクッと身をすくめる。

そして、不意に床にへたり込むと、ポロリと涙をこぼした。

「わ、私の熊さんに、何をしたの……？」

何だか、【天雪】をいじめているような気持ちになる。鏡写しにされただけの彼女に、罪はないのだ。

「うっ、ごめん！」

魅音は急いで手絹を出し、駆け寄ってしゃがみ込むと涙を拭いてやった。

「動きを封じさせてもらったの。でも、一時的なものだよ。やっつけたりはしないから」

目を潤ませた天雪が、声を震わせる。

「本当？」

「本当。だって悪さをしていないんだから、やっつける必要なんてないでしょ？」

「うん……」

しぶしぶといった様子で、【天雪】はうなずく。

その間に笙鈴が熊に近づくと、糸の隙間から小丸だけを救出した。札は残してあるので、熊は動かない。

【天雪】はそれをボーッと眺めてから、上目遣いで魅音を見た。

「あなたも、悪さはしない？」

「しないわ」

魅音は強く言い切った。

「私は西王母様に会いに来ただけ。お話をしたいだけよ」

「……そう……」

天雪は小さくため息をつくと、仕方なさそうに片手で奥を示した。

「じゃあ、どうぞ。通っていいわ」

「ありがとう」

魅音は言って、立ち上がる。

そして、笙鈴にうなずきかけてから――

――熊の剥製を乗り越えて、奥の戸を開いた。


通り抜けた先はいきなり、別の宮の廊下だった。

天井に描かれているのは、菱形をずらして重ねた図案。方勝である。

（また靄の中を歩くのかと思ったら、直接、方勝宮に出たわね）

魅音はそう思いながら振り向き、笙鈴の前で軽く屈み込む。

「小丸ー、よく頑張ったね！　助かった、ありがとう！」

笙鈴の手のひらで、へちゃあ、と小丸はへたり込んでいる。本当なら熊に近づくなど恐ろしくてできないだろうが、眷属としてのネズミは狐仙の意志に逆らえないのだ。

「ご褒美《ほうび》だよ！」

懐から袋を取り出し、好物の松の実をつまみ出して小丸に差し出した。彼はつぶらな瞳をキラリと光らせ、喜んで両前足で持って齧り始める。

その時、聞き覚えのある声がした。

「誰かいるの？　西王母様？」

魅音と笙鈴は視線を合わせ、うなずきを交わし、廊下に面した部屋まで進んだ。

中を覗くと、一人の女性が椅子から立ち上がる。

【青霞】だ。もちろん陽界の青霞そのままの姿をしていて、卓子に何かの記録をたくさん広げているところまでそっくりである。

彼女は魅音を、驚きの表情を浮かべて見つめた。

「西王母様、じゃ、ない？　あなた、誰？」

「ええと、青鸞王妃の魅音です」

まだ名乗り慣れない。そして、やはり【青霞】はその称号を知らないようで、「青鸞王妃……？」と困惑している。

「と、とにかく、魅音……ね。私は江青霞。一体、何をしにここへ？」

「西王母様に、お話ししたいことがあって来たの。通して下さる？」

ダメ元で言ってみたが、【青霞】はぶんぶんと首を横に振った。

「えっ、通せないわよっ、西王母様以外は駄目。天雪は？　ここに来る前に、天雪がいたでしょ⁉

あ、あなた、何かしたの⁉」

「【天雪】は無事だよ。話し合ったり色々したけど、円満に通してもらった」

「…………」

【青霞】は目を眇《すが》めて魅音を見つめていたけれど、やがて座り直した。

「無事ならいいけれど。でも、ここから先は行けないわよ」

「どうして？」

尋ねると、【青霞】はさらりと答える。

「行き止まりだもの。お生憎様《あいにくさま》」

見回してみると、この居間には四方の壁に両開きの大きな戸があったようだ。しかし、今は全て取り外されている。

魅音たちは廊下に立っており、背後は普通なら内院のはずだけれど、一面の壁だ。きっと『何もない』のだろう。

残りの三方は、全て別の部屋に接している。戸がないので、中がよく見えた。美術品の飾られた部屋、寝室、そして侍女の控え室だろうか。

そのどこにも、他の戸は見当たらなかった。

角杯宮に戻るか、廊下から身投げするしか、行く先はないように見える。

「青霞、ここって本当に行き止まりなの？」

聞くと、【青霞】が澄まして答える。

「ええ、本当よ」

「怪しいなぁ。後宮の妃たるもの、嘘はダメだよ?」

どの口が、という台詞《せりふ》だが、【青霞】は突っ込むことなくそっぽを向いた。

「疑うなら、確認してみればいいわ」

「そう? それじゃ、遠慮なく!」

いきなり魅音が、美術品の飾られた部屋を選んで踏み込んだので、【青霞】はギョッと目を見開いた。

「えっ?」

壁には風景画の描かれた掛け軸、部屋の中央にいくつか置かれた台には青磁や白磁の壺《つぼ》、そして透かし彫りの衝立《ついたて》や大きな香炉。どれも逸品と呼んでいい品が飾られている。

壁に縦長の鏡が何枚か張ってあるおかげで、部屋が広く見えるし、反射を利用して美術品の背面も見ることができるようになっていた。

その鏡の一枚に、魅音は無造作に手を伸ばした。

「あっ、ちょっ」

【青霞】のあわてた声に構わず、鏡の縁に隠された出っ張りを手前に引く。

カコン、と音がして、鏡が戸のように開いた。

「昔、とある宦官が、方勝宮の妃と密通するために作った隠し扉だそうね」

振り向いた魅音が言うと、【青霞】は顔を赤くして両手を握りしめる。

「くーっ、何で知ってるのよ、もう！」

「狐仙の私には、お見通しなのよ」

少々格好をつけて、魅音は片眼をつむる。

「ダメよ、西王母様に何をする気⁉」

駆け寄ってくる【青霞】の前に、笙鈴が立ちふさがった。袖を翻して、空中を手でサッと払う仕草をする。

たちまち、魅音たちと【青霞】との間にキラリと光る糸が張り巡らされ、両者を分断した。

「う……」

【青霞】が悔しそうに立ち止まる。

魅音は約束した。

「ごめんね青霞、でも本当に話をするだけ。絶対に無礼なことはしないわ」

「信用できるもんですかっ」

（確かに！）

堂々と嘘をつくのが特技（？）の魅音には、返す言葉もない。

「……でも……私も嘘をついたのだし」

ふと、【青霞】がぽつりと零《こぼ》した。

「嘘は、嫌いなのに」

彼女は宮女時代、仕えていた妃に濡《ぬ》れ衣《ぎぬ》を着せるという大きな嘘をついている。もしかしたら、そのことが陰界の【青霞】にも影響しているのかもしれない。

「青霞。あなたの仕事は通せんぼすることだから、『嘘』を正しく使ったと思う。無理に通る私たちが悪いんだから、気に病まないで。隠し扉のことは、陽界の青霞に聞いたのよ」

魅音が言うと、【青霞】は苦笑した。

「陽界の私が『本当』を教えたの？　なら、仕方ないわね」

「じゃあね、ありがとう！」

笙鈴を先に通し、魅音も先へと踏み込んで、二人は戸を閉めた。


降り立った場所は、壁と戸に囲まれた、何やら狭い空間だった。

どうやらまた、別の宮にいるようだ。大門を入ってすぐの、小玄関とでもいおうか、客を出迎えるために様々な飾り付けがされる場所である。

目の前には、大きな珊瑚の置き物。

珊瑚宮だ。

「やっぱり、次は美朱なのね」

「はい……大丈夫でしょうか」

笙鈴は心配そうに、周囲を見回している。

「会ってみるしかないわ。さ、二つまとめて攻略できたし、次もずんずん行きましょ！」

大股で踏み出し、魅音は二門の戸に手をかける。

その時。

二人は同時に、足の裏に奇妙な振動を感じた。

地面が、ビリビリと震え出したのだ。

「え、な、なに?」

「魅音様! 何か大きな霊力が近づいて」

笙鈴が言いかけた時――

ドカーンと、珊瑚宮の外壁が崩れた。

「うわっ⁉」

「きゃああ!」

とっさに飛び退《すさ》った二人は、大きな瓦礫がぶつかるのを避けた。

崩れた外壁の向こうを、何か大きなものが右から左へ横切ろうとしている。砂煙の間から、ぎょろり、と巨大な目が見えた。

人間の目だ。

「ひっ」

笙鈴が身体をすくませる。

それは、大きな顔だった。頭頂から顎までが、魅音の身長ほどもある。

中年男性に見えるそれの頭は髪がボサボサで、ぐるりと巻いた角が二本生え、首から下は固く短い毛で覆われている。

血走った眼球が先に動いて二人を見つけ、表情のない顔がゆらりとこちらを向いた。同時に、じゃらっ、という金属音。

口からはみ出した牙《きば》に絡みつくようにして、鎖がぶら下がっていた。鎖の先には、何か模様のついた三角錐の錘《おもり》らしきものがついている。

それは、二人には興味がないようで視線を外し、向き直ると、外壁の外を四つ足でズシンズシンと歩いて行った。

壁の穴からは姿が見えなくなり、やがて向こう側は白い靄に埋め尽くされる。

「な、な、何ですか、今の……?」

さすがに笙鈴が声を震わせた。

「わからない。全体は、見えなかったけど……私も感じるくらい、強い霊力を纏ってた」

魅音はごくりと喉を鳴らす。

「あれだけ強いなら、妖怪というより、下級の神だと思う。……それに」

軽く上を向き、すん、と鼻を鳴らしてみた。

「この匂い……」

「匂い、ですか?」

笙鈴にはわからないようだ。狐の嗅覚でしか捉《とら》えられないほどかすかなのかもしれない。

「うん。知ってる匂いが………あ」

魅音の脳裏に、橙色《だいだいいろ》の小さな花がこぼれるほどついた木が浮かんだ。

「桂花だ。宏峰の町のあちこちで咲いてた。……え、待って」

さっきの怪物が口にくわえていた鎖の、錘部分を思い出す。

「あれ、見覚えのある模様がついてると思ったら、白家の紋章だわ。……あっ、あの鎖！　翼飛様が腰に巻いていた暗器かも⁉　それじゃあ」

魅音は息を呑む。

「今の下級神は、宏峰から来たってこと⁉　まさか、燕貞が言っていたっていう土地神……⁉」

もしそうなら、暴れる土地神は本当にいたということになる。

「ちょ、笙鈴！」

あわてた魅音は、笙鈴の手を引いた。

「一回戻ろう！　陽界で翼飛様に何かあったかもしれない、陛下に知らせないと！」

魅音と笙鈴が、陽界の泰山堂に戻って外へ飛び出したところで、一人の宮女とぶつかった。

「きゃっ」

「わっ、ごめん！　……って」

転びそうになった宮女の腕をとっさに掴《つか》んで支えた魅音は、目を丸くする。

「雨桐《うとう》！」

「あ……魅音様！　お久しぶりです」

温和な顔をほころばせた雨桐は、先帝時代から後宮で働いている宮女である。魅音の本性がバレた後も、魅音を気味悪がったりせずに色々と協力してくれた。

雨桐は、少し心配そうに眉をひそめる。

「また、大変なことに巻き込まれていらっしゃるみたいですね」

「そーなんだよーもー、今も陰界で……とにかく、陛下にお会いしないと」

「あ、では、その前にこれを」

彼女は、一通の手紙を差し出した。

「今朝がた、宏峰から陛下に届いたそうです。魅音様もご覧になった方がいい内容だそうですが、陛下はご公務で手が離せないとのことで、私にこれをお渡しになり、泰山堂で魅音様を待てとおっしゃっていました」

「なるほど、雨桐なら私のことよく知ってるもんね！」

妃たちも知らない魅音の本性すら、雨桐は知っているのだ。

「ありがとう！　どれどれ」

魅音は手紙を開き、あっ、と声を上げた。

「翼飛様からだ！」

日付は、魅音が宏峰を出た翌日だった。

『宏峰に本当に土地神が現れて、暴れまわった。頭に角が生え、人面に猪みたいな身体をした、気味悪いやつだ』

「やっぱり、さっきのだ……！」

急いで魅音は続きを読む。

『あいつは玉や金属を好むらしく、鉄製の農具なんかも食っちまう。止めようとしたが、方術士の術がほとんど効かなかった。俺も何とか抑えようとして、流星錘《りゅうせいすい》を絡みつかせたが、逆に取られてしまった』

流星錘というのが、翼飛が腰に巻いていた暗器のようだ。

「それであの神、口から鎖をはみ出させてたんだ。……その神が海建だとして、金目のものが好きってところは生前と変わらないわけね」

思わず突っ込む魅音。とにかく、翼飛は無事らしい。

（でも、変だ。海建が土地神になったというのが本当だとして、何でそんなに強力なの？　太常寺の方術士が太刀打ちできず、陽界と陰界を行き来するほどの霊力まで持って……）

せこい犯罪を重ねて追放され、崖から落ちて死に、そして息子の方便で祀り上げられたにすぎない土地神である。

翼飛はさらに綴《つづ》っていた。

『あれは、放っておくとまずい。次に現れたら、部下も使って全力で攻撃するつもりだ』

魅音は眉をひそめた。下級の土地神とはいえ、かなり厳しい戦いになるだろう。

『昂宇の件はどうだろうか？　こっちは俺に任せて、昂宇を頼む』

手紙はそのような文章で終わっていた。

（翼飛様……心配。でも、そうね。私はまず、昂宇だ）

顔を上げ、魅音は笙鈴を振り返った。

「急ごう」

その四　かけられた術を破るもの

閉ざされた陰界の後宮で、昂宇は一人だった。

広く壮麗な部屋の、大きく豪奢な椅子にぽつんと座り、ただひたすら、考えている。

（ここから永遠に出られないとして……せめて僕が宏峰で調べたことを、どうにか俊輝に伝える術《すべ》はないものか）

このまま死ぬ可能性のある自分よりも、帝国の立て直しに力を尽くしている俊輝の方を優先して考えるべきだと、彼は思い始めていた。

（あの宏峰の領主代理、許燕貞。やはりちょっと怪しいんだよな）


それは、陰界に連れて来られる前。昂宇が宏峰を訪れて、すぐのことだ。

『王』家の屋敷に泊まる予定だったので、昂宇は先にそちらに行って荷物を置いた。それから燕貞の屋敷を目指して馬で出発したが、少し遠回りして町を回ったのだ。方術士として感じ取れるものがあるなら、先入観なしに感じ取っておきたかったのである。

まずは、燕貞の父・海建の廟に向かうことにした。燕貞に会うより先に訪れても、土地神の廟に挨拶に行ったということで言い訳が立つ。

照帝国では、屋根の大きさが建物の格を表しているようなところがあり、海建の廟はそういう意味では大して立派な建物ではなかった。しかし、『許氏廟』と書かれた立派な額のかかる入口から入ると、中には必要なものが全て揃っている。

屋内に一回り小さな祠《ほこら》が作られ、そこには海建の生前の姿を描いた絵が掲げられていた。線香の良い香りが漂い、祠の前にある石の祭壇には酒や果物、反物などの供物が捧げられている。

ちょうど数人の領民たちが、膝をついて祈っていた。

彼らが立ち上がったところを狙って、昂宇は話しかける。

「すみません、この町の方ですか」

「ん？　ああ、そうです」

領民たちは少し驚いたようだったが、昂宇の服装を見て官人だとわかったのか、すぐに物腰《ものごし》が丁寧になった。

昂宇はなるべく堂々と続ける。

「自分は『王』家の縁者です。海建殿がお亡くなりになってから、この廟に初めて来ることができました。素晴らしい廟ですね。今や土地神であらせられるとか」

その土地出身の偉人や、その土地に貢献した役人などが土地神に封ぜられるというのは、よくあることだった。人々は、いきなり天帝に願い事をするよりも、まずは最も身近な神として土地神に願い事をするのだ。

「そうなんですよ、お役人さん」

領民たちは、愛想よく応えてくれる。

「霊験あらたかな神様でねぇ。お札を頂いて、燃やして灰にして飲んだら、身体の調子がよくなったんです！」

「神様の声が聞こえることもあるんですよ。鳥がさえずるような声で、美しいんです」

「夜にもぜひ、いらしてみて下さい。時々、祭壇の鏡に海建様のありがたいお姿が浮かび上がってね」

昂宇は感心してうなずく。

「それは素晴らしい。生前は、どんなお方だったんですか？」

すると、領民たちは顔を見合わせて記憶をたどるような表情になった。

「ええと……穏やかな方でしたよ。ねぇ？」

「そうですね、物静かで」

（……ふうん？）

土地神に祀られるほどなので、てっきり生前の功績も語り継がれているのだと、昂宇は思っていた。

が、その部分がイマイチはっきりしない。

ほとんどの人はどうも、海建が死んだ後に起こった不思議な出来事を「霊験あらたかだ」として、土地神を信じるようになったようだった。

（本当に、海建は燕貞の言う通りの人格者だったんだろうか？）

俊輝からの連絡を待つまでもなく、昂宇はこの時から疑い始めていたのである。

参拝客が途切れた隙に、彼は廟のあちこちを調べてみた。領民たちが交代で掃除しているそうで、廟内は綺麗に掃き清められている。

しかし唯一、鏡だけは燕貞が磨いていて、領民には触れさせないらしい。

祭壇の内側にも入った昂宇は、その鏡を間近で見た。玻璃《はり》や金属ではなく、石を磨き上げた鏡のようだが、うっすらと汚れがついている。

指で触れると、なぜか濡れていた。


（あの後、外に出た時に風が吹いて、目にゴミが入って……軽く目をこすった時、妙に染みるような感覚がしたんだ）

今にして思えば、と、昂宇はうなる。

（あれは、鏡を触った時、指に塩がついたせいじゃないだろうか）

そうとわかれば、簡単な仕掛けである。

鏡、つまり磨いた平らな石に、目に見えない程度の細い溝を掘って絵を描く。そしてその溝に、塩水を垂らしておく。

夜、鏡の近くで灯りとして火を焚くと塩水が乾燥し、塩が白く残って、絵が浮かび上がる……というわけだ。

同じような鏡に違う絵を掘ったものを用意しておけば、鏡を交換するだけで違う絵を浮かび上がらせることができる。

(これが仮に、燕貞が領民に海建のご利益《りやく》を信じ込ませようとして仕掛けたもの……だとしよう)

そう考えると、他の霊験も怪しい。

(『神の声』なんて、呼子笛などでどうとでもなるし、札を燃やして飲んだら効いたというのも、誰かが効いたと言えば自分も効いたような気になる人もいる。偽薬、というやつだ)

世の中には、自分は方術士だと名乗って手品のようなことをやってみせ、人を騙して金を稼ぐ輩《やから》がいる。本物の方術士である昂宇は、そういった偽者を見抜くのも得意で、これまでに詐欺師《さぎし》を捕えたこともあった。

そんなやつらと、手口が似ているのだ。

(今まで忘れていたが、壊された狐仙堂の祭壇に残っていた傷……あれは改めて考えてみると、鍬《くわ》の跡だ。燕貞は土地神が強風で壊したようなことを匂わせていたが、人間が鍬で壊したんじゃないか?)

そう考えながら、昂宇は独りごちる。

「父親の名誉を回復したいだけなら、調査に来た僕を騙すだけで事足りる。なぜ、ここまでして宏峰の領民たちを騙す必要があるんだ……?」

魅音と笙鈴は、雨桐に会って手紙を読んだ直後に回れ右をし、再び陰界に入った。

珊瑚宮の二門の前に出る。振り返ってみると、先ほど土地神が壊した壁はそのままで、残骸を晒していた。

(霊力の高い神は、自ら陰界と陽界を行き来できる。宏峰の土地神は今、こっち側、陰界にいるわけだ。でも、いつ陽界に移動するかわからない)

心配しながらも、魅音は二門を開ける。

目の前に、明るい内院が広がった。なぜ明るく感じるのだろう、と思った魅音は、すぐに敷石が白大理石であることに気づいた。

(さすが、四夫人の暮らす宮。格が違うわね)

思いながら、ぐるりと見回す。

「美朱様はどこかな」

すると、声がした。

「私を、呼んだかしら?」

柱の陰から、スッ、と美しい女性が姿を現した。

李賢妃、美朱の幻影である。

陽界では澄ました表情をしていることが多い美朱だけれど、陰界の【美朱】は目を細め、微笑んでいた。

「待っていたわ、魅音」

魅音は驚いて、目を瞬かせた。

「え、あれーっ、歓迎されてます？　お邪魔いたします」

【天雪】と【青霞】は、魅音が来ることを知らない様子だった。しかし、【美朱】は魅音を待っていたという。

「そう、歓迎しているのよ。どうぞ」

【美朱】は軽く手を広げる。

「西王母様にお聞きしたの。大事なお客様が来るから、丁重《ていちょう》におもてなしするように、と」

「そ、ソウデスカ」

返事をして、魅音はごくりと喉を鳴らした。

（私が来ていることが、とうとう西王母様に伝わったんだ）

「お茶を用意してあるわ。さ、こちらへ」

【美朱】は先に立って歩き出す。

魅音は笙鈴と視線を合わせてから、後を追った。

「あのー、美朱様？」

背後から話しかける。

「何かしら？」

「美朱様は、西王母様とお会いしたことがあるんですね。私も、お会いしたくて来たんです。どうか取り次いでいただけませんか？」

歩きながら、やはり一度は正攻法で頼んでみる。

しかし【美朱】は前を向いたまま、

「珊瑚宮でもてなすように言われているの」

と、にべもない。

「ですよねー」

どう攻めるか考えているうちに、【美朱】は回廊に上がり、正房の居間に入った。

魅音は珊瑚宮に入ったことがあるので、続きの寝室があることを知っているが、そちらの戸は閉じられている。

卓子の上には、美しい絹の布地が置かれていて、どうやら美朱は刺繍をしていたようだ。あまり大きくない布地なので、香包《においぶくろ》か何かにするのかもしれない。

【美朱】は腰かけると、魅音にも身振りで椅子を勧めながら尋ねてきた。

「あなた、どうして西王母様にお会いしたいの？」

「私の友人、昂宇の魂を、連れていってしまわれたんです。彼は生きているのに」

隠してもしょうがないので、魅音は説明する。

「陽界の照帝国にとって、とても大切な人なんです。何とかして、返していただけないかと思っています」

「それは、その昂宇とやらも、望んでいるの？」

【美朱】は首を傾げた。

そして立ち上がると、飾り棚に近寄った。何か、布がかかったものが置かれている。その布を取り去ると、持ち手のついた鏡が鏡立てに載っていた。

美朱は鏡を手にとり、戻ってくると、魅音に差し出す。

「昂宇って、この人かしら」

「あっ！」

鏡を見た魅音は、目を見張った。

そこには、昂宇が映っていたのだ。

彼はまるで皇帝のような身なりをし、絹張りの美しい椅子に座って、何か考え込んでいる。目の前の卓子には山海の珍味を盛った皿や酒瓶が並び、とても豪華だ。

【美朱】も横から鏡を眺める。

「やっぱり、この人が昂宇なのね？」

「は、はい」

「…………」

「こちらで西王母様に大事にされて、何不自由なく幸せに暮らしているように見えるわ」

魅音は、心の中でつぶやく。

（もしかしたら、その可能性もあるのかもしれない）

昂宇が帰りたがらない、という可能性だ。


宏峰で、魂の抜けた昂宇の身体と対面した、その日の夜。

魅音は『王』家の屋敷の内院に出て、月を眺めていた。そこに、声がかかった。

『眠れないのか』

翼飛だった。

さすがに昼間のような鎧は身に着けておらず、寛《くつろ》いだ服装をしている。

『ここまでの旅で、疲れてるんじゃないのか』

『そうなんですけど……何だか目が冴えちゃって。これでも一応、身体は休めてます。明日から動けるように』

『なら、いい。……どうだ、一杯。緊張が解けて、眠れるかもしれないぞ』

彼は、紐でぶら下げていた酒壺を持ち上げて見せた。

魅音が酒杯を二つ見つけて持ってくると、翼飛が注いでくれ、二人で外廊下に腰かけてちびちびと飲み始める。

『あんたみたいな人が昂宇のそばにいて、よかったよ』

翼飛はそんなことを言った。魅音は首を振る。

『そばにいたわけじゃないです。何かあったら、駆けつけるくらいはしますけど』

『うん、それで十分だ。昂宇は子どもの頃に一人で宗族から離れちまったから、親しい存在がいなくてな』

この時に、魅音は初めて翼飛から、昂宇の子ども時代の話を聞いたのだ。

普通の人間とは見えるものが違ったために孤立し、まるでなるべくして……という形で巫になったといういきさつを。

その後、修行の一環で皇城にやって来はしたものの、面倒ごとにならないためには俊輝の身内だと知られない方がいい。そこで昂宇は、太常寺でも周囲と距離を置いていて友人もできなかったし、女性関係はもってのほかだった。

『あいつは俊輝のためにあれこれ動いてくれたが、いよいよ修行が終わって皇城を離れることになっていた。そうなると、なんつーか……』

翼飛は言葉を選んでから、続ける。

『こっちに昂宇を引き留めるものが、もはやないような気がしていてな』

『こっち、というのは、陽界に?』

『そう。だから少し、心配なんだ。あいつ自身が、ちゃんと戻ろうとするかどうか』

「…………」

魅音は食い入るように、鏡を見つめた。

そして顔を上げ、【美朱】を振り向く。

「幸せならもちろん、いいんです。昂宇がこちらに残りたいって言うなら構わない。でも、それを確かめないと」

そして、魅音は立ち上がった。

「彼は人間です。神々に好きなようにされたら抗えません。私みたいな狐仙が、神と人の間に立って取り持ってもいいと思いませんか？」

黙っている【美朱】に、魅音はさらに言う。

「人間は、狐仙堂に望みを願うもの。そして、神や死者の声を聞く巫だって、人間なんです。願いはあります。……私は、人が願う声を聞く狐仙。彼の声を聞きたいんです」

すると、【美朱】は小さくため息をついた。

「会わないままでは、納得しないようね」

「彼はどこにいるんですか？　この宮の中に、道があるんでしょう？」

卓子に手を突き、身を乗り出して魅音が尋ねると、【美朱】はうなずいた。

「あるわ。通してあげてもいい」

「本当ですか⁉」

「ええ」

【美朱】は立ち上がりながら言う。

「でも、あなただけです。侍女はここで待たせなさい」

魅音はちらりと、笙鈴を振り返った。笙鈴は心配そうに、魅音を見つめ返す。

（本当に、通してくれるつもりかな。……今のところ、俊輝陛下の後宮にいる妃は、美朱で最後。通せんぼして来るとしたら、彼女で終わり？　この先に西王母様がいるなら、確かに笙鈴には荷が重すぎるかもしれない）

　魅音は笙鈴にうなずきかけた。

「待ってて」

「……はい」

　笙鈴はそう答えたものの、左手を右腕に添えたままだ。何かあった時、すぐに動けるようにしているのだろう。

【美朱】は寝室の戸を引き開けて、入っていく。魅音は後に続いた。

　中は、魅音が以前に入ったことがある通りの、ごく普通の寝室に見えた。天蓋に覆われた寝台には紗がかかり、互い違いになった飾り棚には美しい花瓶や細工箱が飾られている。

「寝台の中へどうぞ」

【美朱】が言う。

「中？　こんなところに道が？」

　魅音は寝台に近づき、片手でそっと紗をよけてみた。いわゆる架子床《かししょう》というもので、屋根や壁があり、まるで小さな部屋のような作りをした寝台だ。

　しかし一見、それだけのものに見える。

「あの、道って」

振り向いた時、すぐそばに【美朱】の顔があった。

「わっ？」

驚いて身体を引いた拍子に、魅音はストンと、寝台に腰かける格好になった。

【美朱】の右手に、何かキラリと光るものがある。

縫い針だ。

「おやすみなさい」

甘くささやく声と共に、その針が寝台に突き刺された瞬間――

――意識が、スッ、と遠くなった。

（えっ……？　なに、が……）

身体の力が抜ける。

魅音はくたりと、寝台に倒れ伏した。


「――っはっ⁉」

ガバッ、と起き上がる。

寝台の上だ。

「魅音！」

横から心配そうにのぞきこんでいるのは、美朱である。

「ああ、やっと目を覚ましてくれた」

「…………」

じっ、と確かめるように見つめていると、彼女は窺うように聞いてくる。

「どうしたの、大丈夫？　卵でも食べる？」

魅音は、大きくため息をついた。

（陽界の美朱様だぁ）

いつの間にか、魅音は陽界に戻ってきていた。ここは、そちらの珊瑚宮のようだ。

「大丈夫みたい、です。あ、いたた」

思わず額を押さえた。なぜかそこが、ズキズキと痛む。

美朱が急いで、濡らした布を当ててくれた。

「たんこぶになってたのよ、ぶつけたんでしょ？　冷やしたから、だいぶましになったはずだけれど」

「ぶつけた？　あの、私どうしてここに？」

「ああ、覚えてないのね。笙鈴があなたを連れて戻ったの。笙鈴！」

美朱が呼ぶと、すぐに笙鈴が寝室に駆け込んでくる。

「魅音様！　よかった、目を覚まされたんですね！」

「ごめん、私、あっちの美朱様に何かされたのかな。油断した」

「私にもよくわからないんですけれど」

笙鈴は眉根《まゆね》を寄せる。

「侍女は待つように、と言われて、魅音様だけがあちらの寝室に入りましたよね」

「うん」

「でも、糸が繋がっているので、魅音様の様子がおかしいことだけは私にも伝わってきたんです。それで、思い切って寝室の戸を開けたら……あの……」

なぜか、彼女はちょっと目を逸らすなどして口ごもる。

「開けたら、何？」

魅音が聞くと、笙鈴は妃たちを見比べて、頬を赤らめた。

「そのぅ……寝台の上で、美朱様が魅音様に覆い被さっていて」

「はぁ？」

美朱は目を見開き、続いてブワッと真っ赤になった。

「わ、私、魅音に何をっ⁉」

しかし魅音は冷静である。

「ねぇ笙鈴。あっちの美朱様、針を持ってなかった？」

「そう、そうなんです、持ってました」

笙鈴は大きくうなずいた。

「美朱様は魅音様に覆いかぶさりながら、魅音様の周りと言うか、寝台のあちらこちらに針を刺してたみたいで。何でなのかわからなかったんですけど、私とにかく魅音様が気を失っている様子に動転してしまって。美朱様の下から引っ張り出さなくちゃと、思いっきり糸を引いたんです」

「それでこのたんこぶかー！」

寝台から糸で引きずり落とされ、ぶつけたらしい。

「も、申し訳ありません！　つい、とっさに」

笙鈴は肩を縮める。

「そのまま担ぎ上げて、というか半分引きずってしまったのですが、夢中で逃げました。あ、追われはしませんでした」

「ありがとう、助かった！　本当に！」

魅音は真顔で、心から礼を言った。

「それで陰界を脱出して、こちらの珊瑚宮に来たのね」

「はい。魅音様がどうして気を失ってしまったのか、こちらの珊瑚宮に手がかりがあればと思いまして……美朱様にも、お話を伺えるだろうと」

「なるほどね。美朱様、今の話を聞いて、何か心当たりはありますか？」

魅音は振り向く。

すると――

――さっきまで真っ赤になっていた美朱が、今度は青くなっていた。

「美朱様？」

「は、針……針……？」

彼女は、唇を震わせている。

「美朱様、心当たりがあるんですか？」

「あの……あるというか……でも、私は使っていないのに」

視線を泳がせてうろたえる美朱に、魅音は静かに尋ねる。

「何かの術、ですね？」

はっ、と美朱は顔を上げ、魅音を見つめた。

そして、

「魅音にはお見通しね。……そうよ」

と、うつむいた。


美朱が落ち着いて話せるよう、三人は居間に移動した。笙鈴は部屋の隅のながいすに座り、卓子で魅音と美朱が向かい合う。

「針は、方術に使うの」

ためらいつつも、美朱は説明する。

「陛下の後宮に入ると決まった時、両親は私が皇帝の子を産むことを期待したわ。私も、そのつもりだった」

「はい。後宮なんですから、そのように考えるのは自然なことだと思います」

安心させるように魅音が答えると、美朱はうなずいて続ける。

「こう言ってては何だけれど、二十三歳の宮女上がりの青霞と、田舎から来た翠蘭よりは、有利だろうと思ったわ。でも、天雪のことはちょっと警戒していたの。元々、陛下と近しい存在だったみたいだから」

「ご友人の妹さんだし、優遇するかも、と？」

「ええ」

しかし天雪はまだ十四歳だったし、身分的には美朱が一番上だ。皇帝が最初に訪れるのは美朱のところだろう、と、彼女の両親は考えた。

そこで、なるべく長く、俊輝を美朱のところに引き留めようとしたのだ。

「両親から、とある霊符を渡されたわ。私はそれを、珊瑚宮に入ってすぐに、寝台の裏に貼ったの。後は、ここに陛下がいらっしゃった時に、寝台のあちこちに針を刺しなさいと……そうすれば、何とかという術が完成する、と聞かされていた」

「『梱仙索《こんせんさく》』と呼ばれる方術の一種……かも」

魅音は、頭の中から知識を掘り起こした。

『梱仙索』は、人をある地点に繋ぎ止めるための術だ、遊郭などで使われることがあると聞く。

美朱も、思い出したようだ。

「そうだわ、そんなような名だった。……でも、魅音も知っての通り、陛下は全然、私の宮にいらっしゃらなかった」

先帝の後始末に忙しかったためだ。その後、珍貴妃の件が持ち上がって後宮には来たが、妃のところを訪れるどころではなかった。

美朱はちらりと微笑む。

「でもね、この間……魅音が後宮に戻ってきてから、陛下と妃たちで食事をしたでしょ。あの日の夜、急に、陛下が初めてここにいらっしゃったの」

「おっほぅ？」

「何よ、その表情。そういうんじゃないわ。……陛下は、お話があるとおっしゃった」

俊輝は、美朱に説明したのだそうだ。

自分は、昂宇を皇帝にしたいと考えている、と。


「……驚かないのね、魅音。昂宇さんが陛下の従兄弟だということも、私はこの件で初めて知ったのだけれど、もしかして魅音はとっくに知っていた？」

「はい。昂宇からも少し聞いていたので……。陛下は、昂宇の方が皇帝に向いている、とお思いのようでした」

俊輝が打ち明けたなら、と、魅音は口を開く。

「天雪も知っていて、自分は後宮の体裁を整えるために来ただけだと言っていました。青霞は知らないと思いますけど、彼女は元々あまり、自分が妃だっていう意識がないというか。あと、昂宇本人は皇帝になるのを嫌がってます」

「そのようね。だから、どうなるかはわからないって……陛下は、昂宇を皇帝にするのは無理でも、例えば共同統治とか、色々と考えてらっしゃるみたい」

俊輝は、自分は軍人であり、先帝を討ったことで役割を果たしたと考えている。皇帝としての仕事は、聡慧《そうけい》な昂宇に任せたい。

一方、昂宇は忌み字を姓に持つ『巫』の自分などよりも、人望のある俊輝にこそ天命があると思っている。帝国を治めるには、それが大事だという考えだ。

「帝国を治めるのに、一番大事だと思うことが、お二方はちょっと違うみたいです」

魅音の説明に、美朱はうなずく。

「そういうことなのね。……あの夜、陛下は私に謝られたの」

今、美朱が俊輝の子を産んでしまうとややこしいことになるため、しばらくそういうことはないと考えてほしい、親族に期待されているだろうに済まない……と。

「『美朱のことは悪いようにはしないし、長くは待たせない』とおっしゃったわ。もし、こうしたいという希望があれば、なるべく沿うようにするって」

（えーと、じゃあ美朱様が親族の期待通り、『皇帝の』子を産みたい、と望んだ場合は？　昂宇一人が皇帝になったら、陛下は美朱が昂宇の妃になるよう計らうのかしら。……ふーん）

魅音が考えていると、美朱はふと、庭の方に視線を移した。

「陛下が帰って行かれた後ね。私、一晩中、自分はどうしたいのか考えたわ。結論は出なかった。でも」

改めて、美朱は魅音を、凛《りん》とした瞳で見つめる。

「方術を使って陛下を寝台に繋ぎ止めるようなことは、しないと決めました。親族に何を言われようとも」

その言葉が、魅音の心に届いた瞬間。

魅音の目には、美朱がきらきらと輝き、いつにも増して美しく見えたのだ。

（……わぁ！）

胸が高鳴り、頬がほんのりと温かくなる。

ついさっき『俊輝が夜に美朱のところに来た』と聞いた時よりも、ずっと。

（私、今たぶん、『愛』を目の当たりにしている！）

「美朱様っ！」

いきなり前のめりになった魅音に団扇ごと手を握られて、美朱はギョッとした。

「なっ、何っ⁉」

「美朱様は、自分の望みよりも、陛下の望みが叶うことを願ってらっしゃるんですねっ。素敵！ときめく！　『愛』です、『愛』を感じます！」

「はぁ⁉」

あまりにまっすぐな言葉をぶつけられた美朱は、真っ赤になってのけぞった。

「や、やめてちょうだい、恥ずかしい！　別にそんな……陛下をお支えするのは、臣下として当たり前でしょう⁉」

「臣下の『愛』ですか？　でも、男と女の――」

「あああ」

美朱は両手で持った団扇を、魅音の顔にベシッと押しつける。

「ぶっ」

「話が逸れています！　今は方術の話をしてたのよっ！」

はぁはぁ、と美朱は息を荒らげつつ、話を引き戻した。

「私が言ってるのはっ、つまりっ、珊瑚宮の寝台には方術が仕込まれているって話なの！」

「なるほど。西王母様が陽界の後宮を陰界の後宮に写し取った時に、術も写し取られてしまったんですね。それを利用されたのか……」

顎を撫でつつ、何度かうなずいた魅音は、フフンと不敵に笑った。

「そーゆーことなら、もう一度行って術を破れば突破できるわ。……言いにくかったでしょうに、教えて下さってありがとうございます！」

「全く」

美朱は、やれやれ、といったふうに団扇で顔をあおいだ。

「誰にも言うつもりはなかったのに。……もう、『私』なんかにしてやられないようにしなさいよね！」

その時、グゥ、という奇妙な音がした。

魅音が腹を押さえ、えへへ、と笑う。

「お腹が空きました」

くすっ、と美朱は笑う。

「陰界で動き回って、頭も使って、さすがに疲れたのでしょう。少し待ちなさい、今、あなたと笙鈴の食事を用意させているから」

「ありがとうございます！　でも、あの、卵料理は」

今度こそ先に言おうとした魅音の言葉に、美朱は得意げに被せて来た。

「もちろん、あるわ。鳩の卵って、食べたことはあるかしら？　茹《ゆ》でると白身の部分が透明になって、黄身が透けて見えてとても綺麗なのよ。野菜と一緒に餡かけにすると、見た目もいい上にトロリとして美味し」

「うあああ、見たいし美味しそうですけど今はダメなんですううう」

半泣きの魅音に、もはや慣れたもので、笙鈴が駆け寄って涙をふく手絹を差し出した。そして、美朱に向き直る。

「美朱様、魅音様は昂宇さんが無事に戻ってくるように、卵断ちをして願掛けをしておいでなのです」

と説明する。

「あら」

美朱は軽く目を見張ってから、団扇を口元に寄せてささやいた。

「魅音、それこそ、『愛』ね」

「ふえぇ？　制限をかけて、祈りの力を高めたいだけですよっ。だから食べないんです！　卵はまだ食べないんだから！　わあああっ」

両手を振り回して料理の想像を振り払う魅音に、美朱はクスクス笑いながら、食事内容を変更するよう侍女に言いつける。

「あ、そうだわ。二人とも、食事だけじゃなくて今日はここに泊まって行ったらどうかしら」

美朱の言葉に、魅音が笙鈴を振り向くと、笙鈴は丁寧に辞退した。

「申し訳ございません、私、医局を放っているのが心配なので今夜は戻ろうかと……。お食事だけで十分光栄です、ありがとうございます」

「そうだ、私も用事があるんです」

魅音は美朱に向き直る。

「食事が済んだら、こっちの青霞に会いに行ってきます。もう一回、聞きたいことができたので」


青霞に会い、色々と準備も済ませた魅音たちは、医局で一晩を過ごした。

翌日、改めて陰界に戻る。

どういう仕組みなのか、泰山堂から入ると直接、珊瑚宮の廊下に繋がっていた。

（不思議な場所よね……ここだけの規則で作られている。『天雪や青霞の宮を通れた者は、美朱の宮に立ち入っていい』と決まっているんだろうな）

思いながら居間に入ると、椅子に腰かけた【美朱】が振り向いた。どうやら、刺繍の続きをしていたようだ。

彼女は魅音に微笑みかける。

「あら。あなた、また来たのね」

その微笑みの妖艶さに、魅音は少々ひるみつつも、微笑み返した。

「あっハイ。そのー、やっぱり、ここを通していただこうと思いまして」

上目づかいで頼むと、【美朱】はスッと立ち上がる。

「もちろん、いいわ。……では、私と一緒に寝室に行きましょうね」

妃の寝台、という特別な場所を入口にしておけば、陽界なら俊輝、陰界なら西王母だけに通る権利がある。そういう理屈のもとに作られた入口なのだ。もしもそれ以外の人物が通ろうとすれば、術で縫い止められてしまうのだろう。

一度術にかかった魅音は、それを理解していた。

「そこしか道はないんですね？　ちょっと待って下さいねー、考えるので」

魅音は目を閉じ、腕を組んだ。

『小丸、どう？』

視界が、小丸と同調した。美朱と話している間に、小丸がちょろちょろと走っていって、寝室に侵入しているのだ。

寝台には短い脚がついているのだが、それを隠すように、花の模様が彫りぬかれた板で囲われている。小丸がその花を通り抜けて潜り込むと、陽界の美朱が言っていた通り、底板に霊符が貼ってあるのが見えた。

『小丸、はがしちゃって』

魅音が念じると、小丸は後ろ足で立って、霊符の角を前足でひっかいた。めくれてくると口にくわえ、カジカジとかじり始める。

やがて、霊符は引っ張られてペリッとはがれ落ちた。

小丸は口にくわえたまま、再び花の形の穴から出る。身体に対して霊符は少々大きく、一緒に通り抜けようとして詰まりかけたり、ガサガサ音を立てたりするのでヒヤリとしたが、【美朱】が気づく様子はない。

やや手こずって転んだりもしたが、体勢を立て直した小丸は短い足でちょこまかと走り、無事に居間に戻ってきた。

「えーっと美朱様、こっち！　こっちの廊下の奥からは、次の宮に行けないんですか？」

やや大きな動きで魅音が指さして、美朱の気を引いている間に、笙鈴がさりげなく小丸を拾い上げて袖で隠す。

「行けないわ。次の宮への入口は、私の寝台だけ」

【美朱】の笑みは、ずっと変わらない。

「特別な人しか通さないのだから、特別な場所でないと。さ、いらっしゃい」

たおやかに手を差し伸べられて、魅音は恐る恐る、その手に自分の手を載せた。

（何だか背徳的……）

そんなことを思いつつ、ちらりと笙鈴に目配せしてから、【美朱】を見つめる。

「もう一度、連れて行って下さい。そのぅ、寝台に」

「ええ」

【美朱】は、魅音を寝室に引き込んだ。

寝台の紗をさらりと開け、魅音を先に入れる。

今度は落ち着いてよく見ると、奥の紗の向こう側にうっすらと、丸窓が透けて見えていた。格子になっているそこを開ければ、次の場所に繋がっているのだろう。

息遣いを感じて、魅音が振り向くと、【美朱】が彼女のすぐ隣に座っていた。

手には、銀色の針がある。

「さ……横におなりなさい」

彼女は言って、それを寝台に突き刺した。

しかし、魅音はケロッとしている。

「……あら？」

【美朱】は不思議そうに、もう一度針を振り上げて、寝台に刺した。その間に、魅音は膝でぐいぐいと寝台の上を移動し、奥の紗を開ける。

「ここですね、そりゃっ！」

格子に手をかけた魅音は、スパァンと勢いよく両側に引き開けた。

「えっ、嘘、待って、どうして？」

術が発動しないので、【美朱】は混乱している。

「ごめんなさい美朱様。術、破らせていただきましたっ」

「ダメ、ダメよ、そんなこと……！　だって、仰《おお》せつかっているんだもの。通してはいけないって。だから！」

激しく動揺した【美朱】が、いきなり針を振り上げた。

魅音の顔に向かって、振り下ろす。

「あっ……」

俊輝のためにいつも一生懸命で、ツンツンしつつも実は愛情深い、美朱。

そんな彼女の攻撃に、魅音はとっさに反撃することができなかった。

瞬間、空中を、キラッと光るものが横切った。

ピッ、と【美朱】の手から針が跳ね飛び、弧を描いて落ちる。

落ちた先は、笙鈴の手のひらだった。彼女がもう片方の手でたぐるような仕草をすると、光る糸の先に針がぶら下がる。

霊力の糸を投げて【美朱】の針の穴に通し、針を奪ったのだ。

「す、すみません、いきなり……！　でも、あのっ、私の妹は、刺繍がとても得意で」

笙鈴は動揺しながらも、おずおずと【美朱】に近づく。

「この針は、誰かを傷つけたり、縛り付ける方術を行ったりするのではなく……大切な方のための刺繍に、使って下さい」

【美朱】は呆然《ぼうぜん》と目を見開いたまま、差し出された針を見つめる。

やがて、視線を落とすと、そっと針を受け取った。

「……ごめんなさい。傷つけようと、思ったわけでは……」

あくまで彼女が命じられていたのは、足止めだけだったようだ。

「もう、止められないわね。あぁ、西王母様に叱られてしまうわ。お詫びの香包を、作らなくちゃ……」

諦めたように、【美朱】は肩を落とす。

魅音は筐鈴に手を貸して寝台に上げ、丸窓の先に通した。そして、自分も丸窓の縁に腰かけ、振り向く。

「美朱様の、西王母様のためにという気持ち、きっと伝わっています」

（そして陽界の美朱様の気持ちも、きっと陛下に伝わる）

確信しながら、魅音は言った。

「私も、私が助けたい人のために、先へ進みますね。決して、西王母様を害したりはしませんから」

【美朱】は何も答えなかったけれど、ただ静かに、二人と一匹を見送った。

その五　女神が課した条件

窓の外側に降り立つと、そこは建物の中ではなく、屋外だった。

壁に挟まれた細長い空間だが、空が見えている。どうやら大門と二門を繋ぐ前院のようで、魅音たちは壁に作られた飾り窓から出てきたらしい。

振り向くと、【美朱】の寝台だったはずの空間にはあっという間に靄が満ち、珊瑚宮は見えなくなっていた。

「さっきはありがとうね、笙鈴。助かった」

「いいえ。でも……ここはどこなのでしょう?」

小丸を肩に乗せた笙鈴は、あたりを見回す。

「もう、お妃様の宮は三つとも通りましたし……」

「わからないけど、牡丹宮《ぼたんきゅう》だといいなと思ってる」

魅音も見回した。

笙鈴が聞く。

「牡丹宮……皇后様のための宮ですね。なぜですか?」

「おそらくそこに、昂宇がいるからだよ。昨日ここに来た時、陰界の美朱が、鏡で昂宇の姿を見せてくれたでしょ？」

その時のことを思い出しながら、魅音は説明する。

「あの時に私、昂宇の周り、つまり彼のいる場所の様子を観察してたの。どこにいるのか知りたくて」

「……！　そうだわ、魅音様、すごく鏡を凝視してらっしゃって」

驚いた笙鈴が、両手で口を覆う。

「私、まるで皇帝陛下みたいな格好の昂宇さんに目を引かれてしまって、全然気が回りませんでした！」

「んふふ。それで昨日、陽界の青霞に会いに行って説明してみたのよ」

魅音は、昂宇のいた場所のことを事細かに、青霞に報告した。

格子に組まれた天井は、その一つ一つに極彩色で様々な絵画が描かれ、美しく装飾された灯籠がいくつも下がり、また香炉や壺が飾られていた。

様々な縁起物が装飾のテーマになっていたが、鳳凰の絵柄が多かった気がする、大きな玉座のようなが椅子があったけれど背もたれの彫刻も鳳凰だった……というところまで話すと、青霞はきっぱりと言い切った。

『牡丹宮ね』

鳳凰は、皇帝を表す龍《りゅう》と対《つい》で描かれることが多く、皇后を象徴する絵柄でもあるのだ。

また、青霞はかつて、先帝の妃・高文晶《こうぶんしょう》の侍女だった。文晶に付き添って、先帝の皇后・愛寧《あいねい》皇后に会うために牡丹宮に入ったこともある。それで、魅音の説明に当てはまるのが牡丹宮だとわかったのである。

『牡丹宮は広いわよ。ずっと昔に改築されて、元々二つだった宮を繋いだ作りになっているの。ぐるりと廊下を巡らせてね』

青霞は説明してくれた。

『でもその、鳳凰の彫刻の椅子があるのは、奥宮の方よ』


「奥宮。では、そこまで行かないとですね」

「うん」

二人はうなずき合い、二門と思われる門に近づいた。

戸を押し開けると、広い内院《なかにわ》に出る。

突き当りに建物があったが、その片方の脇を廊下が突き抜けて、向こう側にもちらりと内院が見えている。奥にも建物があった。

（内院が二つ……二つの宮を繋いだと言っていたけれど、建物が『日』みたいな形に配置されているのかな）

手前の内院の中央には池があり、赤い欄干の橋が渡され、その中央に四阿《あずまや》がしつらえられている。

見ると、そこに人影があった。

小柄な老婆が立っているのだ。橋をゆっくりと降りてきながら、魅音たちに話しかけてくる。

「おや、こんにちは」

「こんにちは、おばあさん」

魅音はごく普通に挨拶を返しつつ、じっくり観察した。

（この人も、写しとられた宮女の幻影かな？）

「あの、こちらに西王母様はいらっしゃいますか？」

聞いてみると、立ち止まった老婆はのんびりと答える。

「今、ちょっと外に出ておいでです。もうすぐお帰りになると思いますよ」

魅音と笙鈴は、ちらりと視線を交わす。

（ここでよさそうね）

（はい）

「お二人は、どちら様で？」

老婆は、二人の顔を交互に見た。魅音は名乗る。

「青鸞王の妃、魅音です」

老婆が知っているかはわからないが、神仙である西王母にそのように取り次いでもらえれば、通じるはずである。

すると、老婆はわかったのかわからないのか、とにかく何度もうなずいた。

「お妃様なのですね。どうぞ、あちらの四阿でご休憩下さいまし。今、お茶をお持ちしますからねぇ。あ、そちらの、侍女の方の分もねぇ」

笙鈴は、よけいな口を挟まないようにと思ったのか、黙って礼をする。

老婆はえっちらおっちらと内院の奥へ行き、建物を回り込んで姿を消した。

魅音と笙鈴は橋を上り、二重の屋根が立派な四阿に入った。ながいすに腰かける。

見上げると、屋根やそれを支える部分が複雑に入り組んでいて、凝った作りだ。陽界の牡丹宮にもある建物なのだろう。

「魅音様。西王母様が『お帰りになる』ってことは、ここにお住まいってことなんでしょうか」

小声で、笙鈴が尋ねた。

魅音も声を潜《ひそ》める。

「元々のお住まいはあるんだろうけど、ここも使っていてもおかしくないかな。わざわざ鏡写しで後宮を作ったわけだから、最高位の皇后の宮にお住みになりそうとは思ってた」

「そうですね。すんなりお会いできるといいんですが……昂宇さんにも」

「奥に探りに行きたいけど、失礼を働いて怒らせたら元も子もないわ。まずは待とう」

そんな話をしているうちに、老婆が戻ってくるのが見えた。茶托盆《トレイ》に茶杯を二つ載せ、えっちらおっちらと橋を上ってくる。

「笙鈴」

魅音はささやいた。

「飲んじゃダメだよ」

「はい」

笙鈴は小さくうなずく。

その世界のものを口にするのは、その世界の住人になってしまうのと同義だ。

泰山娘娘が『お茶やお菓子を出されてもガッつかないで遠慮するんですよ！』と言ったのは、実はそういう意味を含んでいたのである。

老婆が、茶托盆ごと卓子に置いて、茶を勧めた。

「さあさ、どうぞ」

「ありがとう」

魅音は茶杯を取り上げた。両手で包むように持って、温かさを楽しむ体《てい》をとり、老婆に話しかける。

「おばあさんは、西王母様の侍女かしら」

「いいえ、ただの下働きでございますよ」

老婆は立ったまま、ニコニコしている。

「そうですか。美しくて、広い宮ですね。西王母様は、こんなに広いところに一人でお住まいなの？」

「お住まいというか、お休みになる場所のひとつ、と申しますかねぇ。客人がお泊まりになることもありますから、お寂しいとかそういったことはないのではと」

「あら、じゃあもしかして私たち以外にも、どなたかいらしてる……とか？」

話を少しずつ、昂宇に近づけていく。

すると、老婆は両袖で口元を隠し、くすくすと笑い出した。

「なるほど、なるほど」

「え、なんです？」

魅音が首を傾げると、老婆はスッと、手を下ろした。

唇が綺麗な弧を描き、口調がはっきりとする。

「お前たちの目的は、難昂宇か」

はっ、と、魅音と笙鈴は腰を浮かせた。

老婆の曲がった腰が、すうっ、と伸びた。

白かった髪は銀色に艶めき、頭を取り巻く黄金の簪が輝きを添える。

両手がたおやかに広がると、地味な襦裙は花弁が開くように、隠していた色を露わにする。白、紫、橙。瑞雲《ずいうん》にも似た虹色の披巾《ショール》が、ひらりと舞う。

そこに立っていたのは、冥界を統《す》べる女神、西王母だった。

魅音と笙鈴はサッと四阿から出ると、西王母の前で両膝をつき、両手を重ねて頭を下げた。

「西王母様とは知らず、失礼をいたしました」

「私が化けていたのだから、構わん。許す。立つがいい」

魅音たちが顔を上げると、西王母は目を細めた。

「私の作った後宮に、陽界から誰かがやってきたことには気づいていた。青鸞王の妃、魅音と申したな。ならば、ここに来る資格もあろう」

（よかった。どうやら、青鸞王妃としての私は認められたみたいね）

立ち上がりながらホッとした魅音に、西王母は露台に置いた茶杯を示す。

「茶を飲まなかったな。よい判断だ、それは孟婆湯《もうばとう》であるゆえ」

（……っぶなー！）

ホッとしたのもつかの間、魅音の額にブワッと冷や汗が吹き出た。

この世界では、人間は死んだ後、一部が仙人になる他は次の世へ生まれ変わる。

その際に、冥界で孟婆《もうば》という老女の神が出す孟婆湯、別名を迷魂湯《めいこんとう》ともいう茶を飲まなくてはならないのだが、これは前世の記憶を消す茶なのだ。

（めちゃくちゃ試されてるー！　危うく、何でここに来たのか強制的に忘れさせられるところだった！）

笙鈴は何のことかわからない様子だったが、後で説明することにする。

簪から下がる玉を揺らしながら、西王母は魅音に視線を流した。

「難昂宇を探しに来たのか？」

「は、はいっ」

神の前で取り繕うのは意味がない。気を取り直した魅音は、正直に説明した。

「昂宇は、陽界の照帝国になくてはならない存在なのです。どうか、返してはいただけないでしょうか？」

するとと、西王母はさっきまで魅音たちが座っていたながいすに腰かけながら、答えた。

「返すも何も……昂宇のやつ、まだ陽界に帰っていなかったのか」

魅音は思わず、「ほえっ？」と素《す》っ頓狂《とんきょう》な声を上げてしまった。

「ま、まだ、とは？」

「何だ、私が捕えているとでも思っていたのか？」

西王母は面白そうに、目を細めて微笑む。

「まあ確かに、この後宮を作ったきっかけは昂宇なのだがな」

「そうなのですか？」

「あやつが『王』家に仕える巫で『難』家の跡継ぎだということは、以前から知っておった。つい先ごろ、私は陰界で悶着を起こしている下級神を追っていたのだが、たまたまその昂宇が陰界に接触してきているのに気づいてな」

いつの間にか手にしていた団扇で、西王母はひらりと自らを扇《あお》ぐ。

「面白いやつだから、いずれ命が終わったら私に侍《はべ》ればよいと思い、そのための後宮を作ることを思いついた」

「それで、陽界の後宮を、写し取って……」

「ああ。王俊輝殿の後宮は余計なものがなく、すっきりしていて良い」

ほんの数人しか妃がおらず、宮女も少なく、財政難で色々と売り払った後の後宮なのだが、物は言いようである。

「写し終えた後宮に、昂宇を入れたわけだが……」

西王母は話しているうちに、どうやら魅音の本性を見抜いたらしい。

「そういえば魅音。昂宇は私が会いにいった時、壊された狐仙堂におって、何やら不機嫌そうだった。お前が何か関係あるのか？」

魅音は一瞬ためらってから、答えた。

「もしかしたら、そうかもしれません」

（ううん、きっと関係がある。昂宇は狐仙堂が壊されているのを見て、たぶん、私のために怒ってくれたんだ）

その話を翼飛から聞いた時、少しの驚きと、少しの嬉しさが入り混じったのも覚えている。

（私のために怒ってくれるって、そういうのも『愛』なのかな？）

西王母はじっと、魅音を見つめた。

「ふぅん？　まぁよい。……私は忙しいゆえ、その後は出かけて、ついさっき戻った。てっきり、あやつはとっくに見物し終えて帰ったと思っていた。自由に出て行けるのだからな。それでも出て行っていないのなら、ここにいたいのだろう」

魅音は思わず、笙鈴と顔を見合わせた。

（昂宇は、閉じこめられていない？　帰りたければ帰れる状況なの？）

「あの、西王母様。宮の中を、探してみてもよろしいでしょうか？」

緊張しながらも聞いてみる。

すると、西王母は肩越しに団扇で奥を指した。

「自由に」

(こ、こんなにあっさり⁉　でもとにかく、昂宇に会いに行ける)

しかし一方で、魅音は不安を覚えていた。

昂宇とともに珍貴妃の事件を解決したものの、魅音は彼について詳しいとまでは言えない。心を支配されない照帝国を望んでいる、とは聞いているけれど、彼自身はこれからどうなりたいのか、知らないのだ。

翼飛の言う通り、俊輝に後を託して陽界に戻らない道を選ぶ可能性も、ある。

(西王母に無理矢理連れ去られたと思っていたけれど、そう、元々彼は西王母を信仰してる。今の状況に、本当に満足していたら……?)

「魅音様、参りましょう」

笙鈴の声で、我に返る。

「そ、そうだね。とにかく本人に会わないと」

魅音はうなずき、西王母に礼をした。

「それでは、奥に入らせていただきます」

「好きにおし」

西王母はそのまま、そこでくつろぐようだった。

廊下を奥へと抜けると、やはりそこは第二の内院だった。石を積んだ築山が作られ、そこに洞窟が穿《うが》たれ、苔や様々な植物によって彩られている。

そして、突き当りが正房だった。

（あれが、奥宮ね）

庭から回廊に上がったところに、両開きの戸がある。魅音はごくりと喉を鳴らしてから、階段を上り、思い切って呼んでみた。

「昂宇？　いるの？」

カタン、という小さな音が、やけに大きく響いた。

部屋の中で、何かが動いたのだ。

ほんの少しの間があってから、戸越しに声が聞こえてくる。

「誰ですか？」

「昂宇？」

戸の両脇に格子窓があるのを見つけ、片方に駆け寄って中を覗き込む。

昂宇が立っていた。あの、いかにも皇帝といった装いだ。

彼は魅音の方をまっすぐ見ているが、頭が痛いのか、こめかみのあたりに指を当てて眉間《みけん》にしわを寄せている。

「昂宇！　ちょ、大丈夫？　何かされたの？」

「ええと……」

まるで警戒しているように、昂宇は窓に近寄ってこない。

そして、言った。

「あなたは誰です？」

「…………は？」

その瞬間、魅音の心には、いくつもの想像と感情が同時に押し寄せた。

――この昂宇は偽物？　誰かが化けてる？　本物に何かあったの？

――それともまさか孟婆湯を飲んだの？　莫迦なの？

――嘘だ、昂宇が私を忘れるなんて！

不安、怒り、そして恐怖。冷たいものと熱いものが心の中で渦巻き、気分が悪くなる。

魅音は思わず叫んだ。

「なにやってんのよ難昂宇、しっかりして！　私は胡魅音でしょうが！　ほらっ！」

ぽん、ととんぼを切って、白狐に変身し、後足で立って窓に掴まり顔を出す。

『このツヤッツヤふわっふわな毛並みを忘れたとは言わせないわよ！』

「化け狐だったか！」

『狐仙ですっ！』

その瞬間、昂宇が目を見開いた。

「……今の会話……どこかで」

『そうよ何度も言わせないでよっ。半年前は狐仙さまの活躍にひれ伏したくせにっ』

「そ……うでしたっけ？」

『んがー！　そこ、どけー！』

埒《らち》が明かない、と爆発した魅音は、持てる霊力を尻尾に集中させた。ギュルンッ、と身体ごと横に回転する。

バン！　と尻尾が格子窓に激突し、青白い火花が飛び散った。

『えーい、開け！　なけなしの、霊力だけどっ、卵断ちして研ぎ澄ましたんだから！　壊れろってばっ！』

飛び上がっては尻尾を打ちつけるものの、窓も、ついでに戸も、びくともしない。

「ちょ、あの、無茶は……」

心配になった昂宇が止めようとした時、何かが白狐の身体から吹き飛ばされるようにしてポーンと離れ、格子窓にぶつかった。そのまま、カツンと外の廊下に落ちる。

「！　待って、止まって下さい！」

昂宇は窓に駆け寄り、格子の隙間から見下ろした。

廊下に、木の札が落ちている。

「それ……僕が書いた、霊牌……！」

『え？　ああ、そうよ、あなたが前に書いて私にくれたやつ。ほらっ』

魅音はそれを口でくわえると、前足を窓にかけてフンッと鼻面を上げた。昂宇のすぐ目の前に、霊牌が突きつけられる。

「結界を開く、方術……」

吸い寄せられるように、昂宇は格子の隙間から手を伸ばし、霊牌に触れた。

その瞬間。

昂宇の頭の中で風が起こり、靄を吹き飛ばした。彼自身が心に張った結界を、霊牌を持った誰かの記憶が通り抜けたのだ。

彼の心の真ん中に現れたのは、好奇心に満ち溢れた瞳、ちょっと偉そうなところが妙に魅力的な、その女性。

「魅音！」

ぱん、と結界が弾けて、消えた。

「魅音、来てくれたんですね⁉」

『当ったり前でしょうが！』

魅音はプンプンしながらもう一度とんぼを切り、人間の姿になった。「はぁ」とため息まじりに漏らした声は、あからさまにホッとしたものになる。

「ホントに何なの今の。つまんない冗談はやめてよね！」

「いや、その、すみません。でもどうして魅音がここに?」

信じられない、といった口調で昂宇が聞く。

魅音は霊牌を持ったまま、両手を腰に当てた。

「そりゃ、昂宇の魂がいきなり引っこ抜かれたって聞いたんだもん。取り戻しに来たに決まってるじゃない」

「いえ……てっきり、誰も来ないんじゃないかと……」

昂宇は食い入るように、魅音を見つめている。

「まさか、君が来てくれるなんて」

「そんなに意外？　昂宇だって、もし陛下が同じ目に遭ったら、私に何とかしてくれって頼むんじゃない？　違う？」

「それもそうか。うん。ありがとう。あっ、笙鈴も一緒か」

背後の笙鈴に、昂宇は気づいた。固唾《かたず》をのんでいた笙鈴も、小丸を抱きしめながらホッとした様子で応える。

「はい。昂宇さん、ご無事で何よりです」

「えっと……それで」

魅音は口ごもる。

「昂宇、あのさ。無事なのはよかった、けど」

「けど？」

「ここで幸せに暮らしてる、ってことでいいの？　私、陛下に何て報告すればいいのかな」

「は⁉」

ギョッとした昂宇は、目をひん剝《む》いた。

「何の話ですか、助けに来てくれたのでは⁉　ここから出して下さい！」

「えぇ？」

魅音は口をとがらせる。

「じゃあさっさと自分で出てきて下さいませんかねぇ？　西王母様、『帰りたいなら止めない』っておっしゃってましたがぁ？」

「いやいやいやいや、開かないんですって！　ほらっ！」

戸の方に戻った昂宇は、ドンドン、と音を立てる。

「待って、こっちからももう一回やってみる」

魅音の側からも、今度は冷静に調べて開けようとしてみたが、外鍵はない。まるで漆喰《しっくい》で塗り固めたかのように、戸はびくともしない。

「何で開かないんだろ？　これ、本当に普通の戸？」

魅音は怪しむ。

「実はこの戸は昂宇の心そのもの、的な、そういうお気持ち的なアレはないよね？　昂宇自身も気づいていない心の奥では、西王母様のそばにいるのを望んでいるとか」

「何でそうなる……」

戸を挟んで、昂宇の大きなため息が聞こえる。

やがて、抑えた声がした。

「魅音」

「はいはい」

「……僕の身体には、会いましたか？　文を持っていたはずなんですが」

「あ、えっと、持ってた。見たよ」

正確には、昂宇が持っていた手紙を俊輝が送ってきて、その時に見たのだが。

「読んだんですよね？　笑いましたか？　でも、あれが僕の望みです」

昂宇の声が、やや自虐《じぎゃく》の響きを帯びる。

「すみませんね、僕は根暗で友達の一人もいないものですから。だから、君との日々があまりに……楽しくて、まぶしくて。何度も、思い出すんです」

思わず、魅音は目を丸くした。

「私、普通の人間じゃないのに？」

「僕だって『普通』じゃないんですよ。少なくとも、今まで知り合った人々にとっては」

彼はうつむいているらしく、声は少しこもりがちだ。

「やっぱり魅音に、天昌にいてほしい。理由はなんだっていいから、会える場所にいてくれたら嬉しいと思って、妄想に任せて書いたんです」

「…………それって」

つぶやいた魅音の脳裏を、一瞬、美朱の声がよぎった。

『愛ね』

どきっ、として、魅音は珍しく黙り込む。

昂宇はさらに続けた。

「なのに、僕が陰界にいたがるわけ……」

「ない、よね。うん。そっか」

魅音はうんうんとうなずき、そして格子窓の方に移動した。

「昂宇、もう一回、顔見せて」

「え？　はい」

再び、窓の向こうに立った昂宇は、少し恥ずかしそうに頬を上気させている。それでも、まっすぐに魅音を見つめた。

魅音は格子に手をかけ、じーっと彼を見つめ返すと、にっ、と笑う。

「さっきは言い忘れたけど、久しぶりに会えて嬉しいよ。あと、狐仙堂が壊されたの、怒ってくれたんだってね。ありがと」

「……魅音……」

昂宇は口ごもった。

そしてそっと、格子にかかっている魅音の手に自分の手を――

「やはり、昂宇はここにいることにしたのか？」

いきなり声がして、魅音と昂宇はパッとそちらを見た。

団扇でゆったりと自《みずか》らを扇ぎながら歩いてくるのは、西王母だ。

「西王母様！　あの、昂宇は帰りたいそうです。でも、ここが開かないのだと」

「何？　……おや」

廊下に上がってきた西王母は、軽く戸に触れただけで何かに気づいたようだ。

「術で封じられているな。私がやったのではないぞ。これは」

その時。

建物に囲まれた内院に、声が響いた。

『あたしが封じた』

内院の築山の上に、ボッ、と紫色の炎が燃え上がる。その炎がぐるりと渦を巻いた、と思ったら、狐の尾に変化した。

黄金の体毛は角度によってわずかに虹色に輝き、尾の先と瞳は炎の赤に燃えている。

そこに姿を現したのは、九本の尾を持つ大きな狐——九尾狐《きゅうびこ》だった。修行を積んだ狐仙が、大きな霊力を得た姿である。

人を乗せられるほど大きなその身体が、ふわっ、と飛んだ。そして、階段の目の前に降り立つ。

口が裂けるように開き、とがった牙を覗かせながら、再び声が響いた。

『昂宇っ！』

赤い瞳が、昂宇をにらむ。

『西王母様の巫のくせに他のオンナに心を寄せるとか、どーゆーつもり？　あんたの心に狐の気配があることくらい、九尾様にはお見通しなんだよっ、チャラチャラしやがって！　やっぱりここを封じておいて正解だった！』

きんきんとした声で言葉が飛び出し、凄《すさ》まじい霊力の波動となって飛んだ。笙鈴が思わず一歩下がる。

昂宇は「は、はいっ⁉」と驚きながらも、

「チャラチャラしてるって初めて言われた……」

などとつぶやいている。

『それから！　魅音とかいったっけ⁉』

九尾狐はギロッと、魅音に視線を移した。

『あんたが、昂宇に狐の匂いを残してったヤツだねっ！　狐仙のくせに、西王母様のオトコを奪おうっての⁉』

「んえっ⁉」

仰天した魅音が二の句を継げずにいると、九尾狐は後足でダァンダァンと地団太を踏む。

『まさか、人間じゃなくて下《した》っ端《ぱ》狐仙が横からかっさらおうだなんて！　サイテー！　西王母様は、気に入りの巫には人間の女に近寄らないように呪いをかけてるんだよ。それなのに！』

「呪い⁉」

初耳だったらしい昂宇はもはや呆然とし、魅音もつい、

「それで女嫌いだったわけ⁉」

と突っ込む。

「玉秋《ぎょくしゅう》、玉秋」

なだめるように、西王母が前に進み出た。どうやら女神は、この九尾狐に呼び名をつけているようだ。

「落ち着きなさい。呪いをかけたのは、私の巫だと認めている印に過ぎない。私は何も奪われてなどおらん」

『こいつら、大姐《ねえさま》を侮辱したじゃん！』

九尾狐は西王母を『大姐』と親わしげに呼び、今度は器用に四つ足で地団太を踏んで、毛を逆立てた。

『大姐が許しても、一の側近であるあたしが許さないんだからっ！　だから宮を封じてやったのさ！』

「き、九尾狐様、私たち狐仙の高みにいらっしゃるお方」

魅音は膝を突き、礼をした。

ただの狐仙の魅音にとって、相手は神話的大先輩であり、格が違う。

「無礼を働くつもりなど毛頭ございませんでしたが、ご勘気《かんき》に触れたなら申し訳ありません。私は昂宇の友人で、彼の魂だけが陰界に行ったと聞いて、どうしたのかと驚いて駆けつけたところなのです」

『なら、無事だったんだからもういいじゃん、昂宇は西王母様の後宮に入ったの！　あんたは一人で帰れば!?』

「九尾狐殿！」

格子に掴まった昂宇が呼びかけた。

「僕はまだ寿命を終えてはいない。陽界に帰るのが理《ことわり》だ。どうか、帰してほしい」

『あんた巫でしょ⁉　普通の人間と違うんだから、おとなしく西王母様に侍《はべ》りな！』

九尾狐は聞く耳を持たない。

西王母は困ったように、首を振った。

「済まないな。この子は私に懐いてくれているのだが、私のためなら何でもしてしまうところがあってね。言い出したら聞かないのだ」

九尾狐は『この子』というレベルの存在ではないし、かといって「ハイそうですか、では昂宇はここで暮らすということで」というわけにもいかない。

「そ、そうおっしゃられましてもっ」

魅音は必死で考えた。

（何か、交渉材料はないかな⁉　九尾狐様は西王母様のことを第一に考えておいでなわけだから、西王母様のためになるような何か、とか……って、一狐仙の私にそんなもん提供できるわけないのよー！）

その時。

ズン、と低い音が響いて、空気を震わせた。

「あっ」

魅音たちが空を見上げると、もう一度どこか遠くから、ドーンと何かがぶつかる音がする。

西王母が、ぽん、と手を打った。

「ここにも来たか。まあ、ちょうどよい。魅音、こちらへ」

ふわっ、と西王母の足元に雲が湧き、その雲に乗るようにして身体が浮き上がった。彼女はそのまま、宮の屋根へと上昇していく。

魅音があわてて狐に変身し、後を追おうとすると、笙鈴が「魅音様っ」と呼び止めた。警戒しているようで、左手を右腕の杼にかけている。

「行かれるのなら、私も」

『まずは見に行くだけだから、待ってて』

安心させようと言ったが、そんな笙鈴の肩から小丸が飛び移って来た。魅音の頭に駆け上がり、ちゅっ、と鳴く。

まるで「行こう」と言っているようだ。

『わかったわかった、じゃあ小丸、ついてきて』

魅音は屋根へと飛び上がった。

女神は瑠璃瓦の上に立っており、魅音が来たのを確認してから、すらりと手を伸ばして団扇で遠くを指した。

「あそこだ、見てみよ」

『ええと……あっ！』

再び、ドーン、という地響きとともに、遠くの方で砂煙が立った。そして煙の中から、長い爪をした大きな手がニュッと出てくる。

近くの宮の屋根をガッと掴み、ぬうっ、と屋根の上に現れたのは――

――あの巨大な、人間の顔だった。

『うっひゃあっ、キモっ！』

思わず声を上げて、魅音はピュッと西王母の背後に隠れた。

恐る恐る顔を出し、観察する。

珊瑚宮のあたりで靄越しに見た時よりも、その姿がはっきりと見えた。中年の男の顔をした頭、二本のぐるりと巻いた角。猪のような身体から四本の足が生え、しかし前足には指が五本あって人間の手に似ている。

そして、やはり口から鎖が垂れていた。どうやら、鎖の輪の一つが牙にはまって取れなくなっているようだ。

「先ほど話したであろう、陰界で無体《むたい》をはたらく下級神を追っていると。あれのことだ。時々現れては暴れ、金品を食う。饕餮《とうてつ》に似ているな」

西王母が言う。

饕餮というのは伝説の怪物で、様々なものを食らうとされていた。

「あれは饕餮とは違い、私や、この玉秋でも倒せる程度の下級神なのだが、倒そうとすると陽界に逃げる小賢《こざか》しいやつでな。それに、あれは陽界で生まれたようだから、陽界の者に責任をもって片づけさせたいと思っていた。魅音と昂宇が協力し、あの『饕餮もどき』を倒すなりおとなしくさせるなりできたら、昂宇を陽界に帰してやろう」

『わかりました、やります！』

魅音は即答する。

「玉秋、それでよかろう？」

西王母が振り向くと、いつの間にか背後に九尾狐が立っていた。

『でも大姐、せっかくオトコ連れてきたのにっ！』

「私が悩まされているのを、お前も知っているはず。オトコはいつでもよい。私の矜持《プライド》が傷ついたとお前が思っているのなら、その償《つぐな》いをこの二人にしてもらおう、と言っているのだ」

そして西王母はわざとらしく、片手を頬に当てて大きなため息をついた。

「あぁ、困った困った。まさか私の後宮にまで侵入するとは、面倒なことだ。早くこの件が片づかないものか」

『んんんんんっ』

九尾狐はうなり声を上げていたが、やがて叫んだ。

『ええい、開け！』

バン！　と音を立てて、牡丹宮の全ての戸と窓が開いた。

すぐに、昂宇が飛び出してくる。

「魅音！」

『昂宇！』

魅音は屋根から飛び降りると、昂宇に駆け寄った。

『やっと出られたね、よかっ、わっ⁉』

いきなり、昂宇は無言で膝をつくと両手を広げ、狐姿の魅音をギュッと抱きしめた。もふっ、と首の毛に顔を埋める。

『あれ？　ええと、昂宇？』

「………………」

『何よ、前に抱っこして癖になっちゃった？　人間がフワフワするものが好きって本当だね。おーい』

魅音がジタバタしていると、ズドーン、と間近の廊下に石灯籠がめり込んだ。

『イチャイチャするんじゃなーい！』

キレた九尾狐が投げたのである。

「あっハイッ」

まるで降参を示すような格好で、昂宇がパッと両手を上げた。解放された魅音は『ブハァ』とため息をつく。

九尾狐はわめき散らした。

『さっさとしな！　大姐のために、あの饕餮もどきを何とかするんだよっ！』

「はいっ。ごめん魅音、やろう」

『あ、うん。そうだ、あのね昂宇』

魅音は注意を引くように、昂宇の膝に片方の前足をかけ、早口で説明する。

『あの下級神、宏峰の土地神だと思う』

昂宇は目を見開く。

「あれが、海建⁉」

『そうそう。あ、昂宇は詳しいことはまだ知らないよね』

魅音は、海建が追放されて当然のことをしていた件、そして息子の燕貞が冤罪であるかのように言いつくろっていた件を話す。

『それでね。燕貞はたぶん宮廷に取り立てられたくて嘘をついてるんだろう、土地神が暴れてるっていう話も見せかけだろうって思って、私も翼飛様も無視してたの』

「でも、本当に現れたんですね。宏峰に」

『うん。陰界と陽界を行き来できるほど強くて、太常寺の方術士も太刀打ちできなくて。危険だから、次に現れたら全力で倒すって翼飛様が言ってた』

「…………」

昂宇は拳を口元に当て、数秒の間考えていたが、すぐに顔を上げた。

「なるほど、わかってきました。宮廷に取り立てられたいだけなら、調査に来た僕を騙せば事足りるのに、燕貞は手練手管《てれんてくだ》を使って領民全員を騙していた。それがなぜなのか、ずっと不思議でしたが……」

彼は、きっ、と砂煙の方に視線をやる。

「領民たちの『信仰の力』が必要だったんだ」

「『信仰の力』？」

「民が信じれば信じるほど、神の力は強くなります。燕貞の狙いは、海建を強くすることだったんだ」

『はぁー！　それであんなにすくすく育っちゃって……ん？』

ふと、魅音の脳裏に嫌な記憶が蘇《よみがえ》った。

『こ、昂宇？』

「なんです？」

昂宇にじっと見つめられて、魅音の耳が垂れる。

『あのー、そういえばね？　翼飛様が言ってたんだけど……燕貞が、領民を集めて大規模な祈祷をやろうとしてたって……その準備に忙しそうだって』

「っ、まずい！」

昂宇が焦《あせ》った声を上げる。

「そんなことしたら、ますますアレが強くなります。燕貞が操れるとしたら大変なことになる。止めないと！」

『だよね、でもでも、間に合うかな？　これから陽界に戻って、私の足でも宏峰まで二日かかる』

その魅音の言葉に、笑いを含んだ声が答えた。

「魅音、一つ助言をやろう。お前、本来は狐仙であろ」

西王母だ。今の会話を聞いていたらしい。

「ここは、鏡写しの後宮。陽界の後宮にあるものなら、何でもあるのだ。狐仙堂もな」

『ああっ！』

俊輝が後宮内に狐仙堂を作った、という話は笙鈴から聞いていた。陰界の後宮はその後に鏡写しにされたので、当然、こちらにも狐仙堂があるはずだ。

『そうだ、それに宏峰にも狐仙堂がある！　壊れたのを、昂宇が直してくれたんだったよね。霊力で作られたこちらの狐仙堂からなら、繋いで直接行けるかも！』

「よし。魅音。僕がこちらで、あれを攻撃します」

自分の膝に乗っていた魅音の前足に、昂宇は優しく手を重ねた。

「陰界では霊力が強すぎて、おそらく倒せない。陽界側に追い出します。領民たちの信心の力を断って力を削《そ》いでしまえば、翼飛様と協力して倒せるはず。できますか？」

『やるしかないでしょー！』

魅音は狐アタマでこくんとうなずいた。

『行ってくる。昂宇、終わったら、ちゃんと身体に戻ってきてよね！』

「はい、必ず。……ふふ、この手」

昂宇は視線を落とし、毛でふんわりした魅音の前足を、軽く握る。

「白くて丸っこくて、何だか茹で卵みたいですね」

『やめてえええ！　もはや幻覚見そうなのよっ』

ぴょんと大きく跳んで彼から離れると、魅音は笙鈴の側に降り立った。

『笙鈴、あなたと私と小丸、まだ糸で繋いであるよね？』

「はい！」

『じゃあ一緒に来て！』

魅音は小丸を頭に乗せ、笙鈴を引き連れて、牡丹宮の二門に向かって走り出した。門は、大きく開いている。

そのすぐ外に、グルグルと靄が渦巻いたかと思うと、小さな堂が現れた。狐の像が祀られている。

（あれが、陰界の狐仙堂！　探すまでもなく、西王母様が繋いでくれたんだ！）

そう悟った魅音は、

『西王母様、ありがとうございます！』

と一声、門から飛び出して狐仙堂に突っ込んだ。

二人と一匹の姿は、一瞬で消える。

「……さて、僕もやることをやらなくては」

昂宇はいったん腰帯を解き、袖の大きな上衣を脱ぎ棄てると、軽装に整えた。そして、西王母を振り向く。

「西王母様。少々、お騒がせします」

「好きにおし」

西王母は、楽し気に笑う。

「そなたには、陽界に帰るべきもう一つの『理』があるようだからね。私はもう手は出さず、見守るだけにしよう」

「もう一つ、ですか？　それは一体……？」

寿命を全うするために身体に帰るという『理』以外にも何かあるのかと、昂宇は不思議に思ったが、西王母は微笑むばかりで答えない。

『フンッ』

九尾狐はそんな女神にまとわりつきながら、鼻を鳴らした。

その六　土地神の正体を暴《あば》け

魅音と笙鈴と小丸は、狐仙堂から狐仙堂へと渡ることで、陰界の後宮から陽界の宏峰に姿を現した。

板を屋根の形に立てかけただけの狐仙堂は、町の外に向いており、晩秋の田畑が広がっているのが見える。太陽は山の端に沈もうとしており、振り向くと町のあちらこちらに篝火《かがりび》が点っていた。

「こ、ここが、宏峰……ということでしょうか？」

笙鈴は、初めての景色に戸惑いながらあたりを見回した。そして、クシュンとくしゃみをする。

天昌よりも高地にあるため、桂花の香りをまとった風が冷たく吹き抜けていた。

何やら、ドーン、ドーンと太鼓の音が響いている。

『何だろう……時告げの太鼓？　あ、違う！』

見回してみると、町から出てすぐの丘の上、海建の廟の周りが、明るく浮かび上がっている。大きな篝火が、いくつも焚かれているのだ。太鼓はそちらから聞こえてくる。

そして、領民たちが続々と廟の方へ坂道を上っていくのが見えた。

『廟に、人を集めてるんだ。あそこで祈祷をするつもりね。……笙鈴、私は翼飛様を探してくる。

先にあの廟に行っていてくれる?』

「わかりました!」

魅音は頭に小丸を乗せたまま、町に入った。まずは大通りを『王』家の屋敷の方へと向かう。

いくらもいかないうちに、数騎の馬が駆け足でやってくるのに出くわした。先頭の馬に乗っているのは、鎧姿の白翼飛だ。

魅音は素早く人間の姿に戻ると、手を振った。

「翼飛様!」

「魅音⁉」

翼飛は驚いて、手綱《たづな》を引き馬を止める。

「どうしたんだ、戻って来たのか? その格好は一体?」

「え?」

すっかり意識の外だったが、魅音は『青鸞王妃』として恥ずかしくない、いかにも妃という格好をしているのだ。この町では完全に浮いている。

「ま、気にしないで下さい!」

さらりと流し、魅音は本題に入った。

「昂宇の魂は見つけました、無事です!」

「本当か、よかった! いや、でも、見つけただけなのか?」

「詳しいことはおいおい。今は簡単に説明させていただきますね!」

魅音は、西王母に会えたこと、そして昂宇の魂を返してもらう条件として、海建――宏峰の土地神を倒すよう言われたことを話した。

翼飛は唸《うな》る。

「あの神、陰界でも暴れてたってのか」

「はい。それで、昂宇が言うには、神に力を与えているのは民の信仰の力だと。燕貞は、手品みたいなことをして海建のご利益だってことにして、民を騙しているんです」

「あいつ……！　くっそ、放っておかないでさっさとふん縛っとけばよかった！」

翼飛は悔しそうに歯ぎしりした。

「そう、お前が宏峰を発《た》ってから、俺の方は部下を使ってこのあたりをくまなく捜索してみたんだ。そうしたら、山小屋に領主が軟禁されていた」

「軟禁⁉　病気ではなかったってことですか？」

「病気っつーか、少々ボケていて、話が通じない。そんな状態だから、まんまと領主の座を乗っ取られていたんだな」

海建・燕貞親子が宏峰を私物化していた、動かぬ証拠である。

「それで領主の屋敷に乗り込んでみたら、燕貞がいない。前に、民を集めて祈祷するとか何とかって話をしただろ？　もしかしてあれを今夜やるつもりかと考えて、部下を連れて廟の様子を見に来たんだ」

「翼飛様、いい勘してるー！」

うっかり上から目線で褒《ほ》めてしまい、彼の部下たちに睨まれる魅音である。

「あ、失礼しました。そう、まさに廟に人が集まりつつあるのを見ましたよ。祈祷が始まったら、また信仰の力が神に送られてしまう」

「すぐに行って止めよう」

「はい。でも、今日だけ止めても」

魅音の言葉に、翼飛は「あっ」と口を開く。

「そうか。土地神への信仰自体を、ぶち壊しにする必要があるのか。つまり……燕貞の企《たくら》みを領民たちの前でバラさなきゃならない」

「そうできれば一番です。どうやってやればいいのかは、現場を見てみないと……とにかく、廟に行ってみましょう！」

「ああ。ほら、来い！」

翼飛がパッと、片手を伸ばしてきた。

「あ、はい……うわっ、と」

魅音が反射的に掴まると、ぐんっと鞍《くら》の上に引き上げられた。彼の前にすっぽりと収まる。

「行くぞ！」

彼の掛け声に部下たちが「おう！」と答え、一行は走り出した。

丘のふもとの木陰に馬を繋ぎ、魅音と翼飛、その部下たちは密かに丘を登る。

海建の廟の周りは、人で埋め尽くされていた。前院には、三方に白い幕が張られている。その中に、土を盛り上げた場所、いわゆる『壇』が作られ、宏峰で収穫された農作物や反物などが供物として捧げられていた。

（ええと、笙鈴、笙鈴はどこ?）

領民たちの最後方を移動しながら、魅音が見回すと、木の陰で誰かが手を上げて合図しているのに気づいた。

「笙鈴!」

「魅音様、翼飛様にお会いできたんですね!」

半妖とはいえ、一人では心細かったらしく、笙鈴はホッとした笑みを見せた。翼飛が不思議そうに尋ねる。

「あんたは?」

「翼飛様、こちらは周笙鈴。後宮で一番霊感の強い、心強い友人です」

「そんな、恐れ多い……あの、初めてお目にかかります。周笙鈴と申します」

侍女姿の笙鈴は、丁寧に礼をする。翼飛はうなずきかけた。

「白翼飛だ、魅音の友人なら信じよう。話は色々と聞かせてもらったぞ」

道々、魅音はこれまでのことをかいつまんで説明していた。

「それで、どうやって燕貞を」

翼飛が言いかけた時、わあっ、と領民たちが沸いた。

許燕貞が、壇の前に現れたのだ。

「皆さん、お集まりいただきありがとうございます。私の父のために、町が荒らされ、ご迷惑をおかけしています」

彼はゆっくりと、領民たちを見回す。

「父は、情け深い人でした。だからこそ、死してなお宏峰に恵みをもたらし、皆さんに神として祀っていただくことになりました。それなのに、最近のこの暴れよう……しかしこれもまた、『愛』なのです。息子の私への愛情です」

声を震わせ、こぶしを握り、彼は続ける。

「自分が先帝によって無実の罪で追放されたこと、そしてそのせいで息子の私が不遇だと、怒っているのです」

領民たちの間から、同情のため息や同意の声が漏れた。しかし、燕貞は気を取り直したように、少し声の調子を上げた。

「私は、皆さんのおかげもあり、この宏峰で幸せに暮らしている。ですから、父の名誉さえ回復されればそれでいいのです。天昌に赴いて話も聞いて頂きましたし、もう十分です。宏峰の領主を助けながら、この地に骨を埋める覚悟です」

再び、わあっと領民たちが沸く。

「どうか、力を貸して下さい。神に鎮まって頂けるよう、私と一緒に祈ってください」

そして燕貞は、壇の方に向き直ると敷物の上に座った。巻物を広げ、祭文《さいもん》のようなものをうんたらかんたらと読み上げ始める。

領民が、次々と後に続いた。

声が重なり、一つになる。

「あ……」

笙鈴が小さく声を上げた。

「魅音様、霊力が……霊力が高まっていきます。それに、流れのようなものも感じる……どこかに吸い込まれていくような」

「きっと、陰界にいる海建が、信仰から生まれる霊力を受け取ってるんだ。あー、一回信じ込んじゃうと、こういう流れって止めにくいのよね」

長い時の記憶がある魅音は、過去にも指導者に扇動された人々が、このような大きなうねりになった歴史を見てきている。

しかし、そんなことを言っている場合ではない。今まさに、陰界側では昂宇が、海建の相手になって戦っているはずだ。海建への力の供給を、早く止めなくてはならない。

（えっと、燕貞のインチキを一目でわかるようにするにはどうしたら）

魅音はぐるりと、この謎の祈祷会会場を見回した。

その時、偶然――

会場を囲っている白い布に、何かの影が映った。燃え上がる護摩《ごま》によって、供物の影が踊るように映し出されたのだ。

「！　あれだっ」

魅音はきらりと目を光らせた。

「見てなさい、燕貞。インチキにはインチキで返してやる。笙鈴、小丸、ついてきて！」

一方の陰界では、宏峰の土地神である海建が、やりたい放題やっていた。

雲海に浮かぶ島のように、白い靄にいくつかの宮が浮かんで見える。土地神は大きく跳躍し、宮の屋根にズシンと降りては、瓦を割り散らかした。鉄の匂いに釣られ、また飛ぶ。

土地神がたどり着いたのは、後宮の角楼《すみやぐら》だった。屋根の上から頭をぐうっと下げ、吊り下げられた鐘を見つけると、ウギイイイ、と歓喜の声を上げる。

無理やり楼の中に入り込むと、鐘にかじりついた。歯が当たって、ゴゥン、ガリン、と音を立てる。

その巨大な身体が、ふと動きを止めた。顔が動き、ふんふん、と鼻をうごめかす。

もっと美味《うま》そうな、金目のものの匂いだ。

土地神は一瞬で鐘から興味を失い、パッ、と手をはなすと、ズシンと地面に降り立った。そのまま、匂いだけを頼りに四つ足でドスドスと走り出す。

たどり着いたのは、ひときわ美しい宮だった。高貴な人物が住むのだろう。きっと、金目のものがたくさんあるに違いない。

ドガン、と壁を崩し、土地神は内院へと乗り込む。

そこには橋の渡された池があり、池の前、地面に敷かれた布の上には、輝く宝物が山と積まれていた。

玉のはまった衣装箱、同じく玉をちりばめた宝剣、美しく輝く銀の食器や酒器、黄金でできた鳳凰の像。

ウォオォン、と、土地神は歓喜の雄叫《おたけ》びを上げる。

そして、よだれを垂らしながら一直線に宝物に突進した。

「よし。捕えた」

つぶやいたのは、数珠の巻かれた手で印《いん》を結んだ、難昂宇だ。

バチイッ、と空間に光が走り、青く光る紐のようなものが土地神に絡みついた。かつて魅音を捕えた結界の、強化版である。

土地神は一瞬、何が起こったのかわからないようだったが、すぐに紐から逃れようとがむしゃらに暴れ出した。庭の植木がへし折られ、灯籠が吹っ飛ぶ。

「くっ……長くは持たない」

昂宇は急いで霊符を指先に挟むと、土地神に向けた。

「済まないな、海建。もしかしたら燕貞が全部勝手にやっているのかもしれないが、そもそもの発端はお前なんだ。……『炎《えん》』」

ボッ、と土地神の足元が燃え出した。全身を包むまでには至らないが、土地神は苛立って、ギャオオオウウ、と、怒りの声を上げる。

すぐに、土地神の輪郭がぼやけ始めた。

「陽界へ、逃げようとしている。魅音、笙鈴、翼飛殿、準備はできているだろうか」

なおも霊符を突き付けながら、昂宇がつぶやいていると——

その隣に、ふわりと九尾狐が降り立った。

『あたし、陽界に行って見てくる』

「えっ」

驚いて昂宇が見上げると、九尾狐は嫌そうに鼻に皺を寄せつつも言った。

『だってしょうがないじゃん、魅音がこいつをちゃんと倒すかどうか、見届けなくちゃいけないんだから。大姐、あたしがいなくて寂しいと思うけど、しばらく我慢してねっ！』

西王母はにっこりと団扇を扇ぎながら、

「ああ」

と軽く返事をする。

『ちゃんと昂宇を見張っててよっ⁉　絶対だからねっ！』

「わかった、わかった」

『もうっ』

九尾狐は、プン、と鼻面を上に向けたけれど、気を取り直したように土地神に向き直った。

『行くよっ』

土地神の姿が、靄に溶けるようにして消えていく。そこに九尾狐は突っ込み、後を追うようにして姿を消した。

「ふぅ……」

昂宇はその場で座り込むと、頭を垂れて大きく息をついた。

(僕にできるのは、ここまでだ)

その時、何か平らなものが昂宇の顎の下に入った。

いつの間にか西王母が彼の前に立っており、手に持っていた団扇で昂宇の顎をくいっと持ち上げたのだ。

『昂宇』

「はい」

じっ、と目を見つめられて昂宇がおとなしくしていると、やがて西王母は微笑んで、団扇を離した。

『よし。後は果報を待つばかりだな』

「……? 西王母様、今、僕に何か……?」

昂宇の質問には答えず、西王母は興味を失ったかのように、くるりと踵《きびす》を返す。

『さて、私は宮の中で少し休むとしよう。昂宇はここでお待ち。帰る時は気をつけてな』

「あっ、はいっ、その、お世話になりました!」

いきなり連れて来られた上で帰る時の挨拶が、これでいいのか疑問に思いつつも、昂宇は頭を下げる。

後は、西王母の言う通り、待つばかりだ。

その頃、陽界の宏峰では、祈祷の会場で大きな動きが起こっていた。領民たちから見ると、次のようになる。

まず、焚かれていた護摩の炎が、不意に弱まった。逆に、張り巡らされた白い幕の裏側の方が、なぜか明るくなる。

その明かりに照らされて、幕に何か四つ足の巨大な影が映ったのだ。

男の声が、大きく響いた。

「神様だ！　土地神様が現れた！」

ざわっ、と領民がざわめく。

「本当だ！」

「ああ、土地神様！」

燕貞は少々、戸惑ったように見えたものの、そんな領民たちに呼びかけた。

「土地神様が、皆さんの信仰に応えて現れたのです！　さあ、さらに祈ってください。我々の願いを聞き届けて頂きましょう！」

彼の言葉に煽られて、領民たちはより一層、熱心に祭文を唱えた。

ところが、やがて幕に別の影が映ったのだ。それは土地神とされる影よりも大きく、どう見ても、狐の姿をしていた。尾が、九つも揺らめいている。

領民たちは再び、祈るのをやめてざわめいた。

「き、九尾……⁉」

「えっ、何、九尾って」

「伝説の霊獣だよ、九尾狐様だ！」

狐の影の、口の部分が、くわっと開いた。鋭い女の声が響く。

『許海建、許燕貞！　ついに見つけたぞ、金に汚い小悪党め！　天昌から追放されてもなお、宏峰の民を騙しておるのか！』

「えっ」

「えっ」

領民たちが一瞬、静かになる。

燕貞のあわてた声が響いた。

「なっ、何だ、一体何が起こっている⁉　皆さん、さあ、祈ってください！」

『黙れ燕貞！　海建の罪状は、横領、備品の転売、賄賂の要求など数えきれん。これらは神々の前に明らかである！』

狐の口が動き、そして天昌にいた頃の海建のせこい犯罪が、次々と並べ立てられていく。

『これらは新皇帝の名のもとに調べ上げられた罪状だ、とくと見よ！』

白い幕の向こうから、ぽーん、と巻物が飛んできた。手前にいた領民が、あわてて受け止め、中を見る。

「な、何か書いてある。読める者はいるか」

「俺が読む。……これは……本当だ、海建様が罰を受けたという記録だ！」

波紋が広がるようにざわめきが伝わっていく。四つ足の影は、何やら怖がるようにプルプルと震えるばかりだ。

「土地神様が、あんな……」

「九尾狐様に、罰せられているのか？」

再び、女の声。

『さあ、冥界で裁いてくれようぞ！』

ばっ、と狐の影が後足で立ち上がった瞬間——

ドガーン！

空から何か大きなものが降ってきて、壇の供物の上に叩きつけられた。

わああ、きゃあああ、と領民たちは騒いで壇から離れ、壇を遠巻きにする。

壇の中央にいたのは、人面に猪の身体の土地神・海建だった。もがくようにして立ち上がると、身体をブルブルッと振って、まとわりついていた青白い紐を弾き飛ばす。

幕に映った九尾狐の影が、叫んだ。

『よっしゃ、ちょうどいいところに！　……じゃなくて。これが、土地神の真の姿だ！』

翼飛を先頭に、鎧を着けた男たちが数人、馬でドドッと乗り込んで来た。土地神を取り囲む。

一方、白い幕の裏の明かりが、フッと消えた。

美しい身なりをした女が、幕の前にひょっこりと現れる。もちろん、今まで九尾狐のフリをして叫んでいた魅音である。

「笙鈴、糸！」

「はいっ！」

応えがあって、キラリ、と宙に細いものが光り、それはキュンキュンと土地神の周りを走り、そしてギュッと収束して締め上げた。

魅音は再び声を張る。

「照帝国を守る者たちよ！　今こそ、この邪神を倒すのだ！」

兵士たちが鬨《とき》の声を上げ、槍を持って一斉に襲いかかった。

土地神は、グワオッ、と激しく暴れた。数本の糸がちぎれ、自由になった前足の片方が振り回される。

「うわああ！」

数人の兵士が吹っ飛んだ。

「な、なんだ、あれは」

「何て恐ろしい……！」

領民たちが怯える声が聞こえてくる。

陌刀《はくとう》を構え、翼飛は走りだした。土地神をぐるりと回り込んでいく。

翼飛を追って身体を巡らせた土地神が、襲いかかろうと右前足を伸ばしたが、ひらり、ひらりと躱《かわ》した彼はさらに走った。

一瞬、後足に絡まっていた糸が邪魔になった。土地神はよろける。

すかさず、翼飛は向き直りざま踏み切った。

「どりゃあっ！」

炎の赤を反射して、陌刀が一閃《いっせん》、振り下ろされる。

右前足が切り飛ばされた。くるくると宙を舞い、ドッと地面に落ちる。

ギャアアッ、と凄まじい叫び声が上がり、土地神の目が怒りに燃え上がった。先ほどとは比べ物にならない力で暴れ出す。

護摩の火炉が破壊されて火のついた木が飛び散り、翼飛や兵士たちの目を一瞬眩《くら》ませたその時、土地神に絡みついていた全ての糸が引きちぎられた。

牙をむき出した土地神は、残った左前足を大きく振りかぶった。

狙いは、翼飛だ。

(危ない……！)

その攻撃が翼飛の目の前で、ブン！　と大きく空ぶる。

「グワッ?」

鋭い爪は、何も捕えていない。

少しずつ、土地神の身体が縮んでいる。そのため、翼飛への攻撃の間合いが狂っていた。

土地神への信仰の力が、ぐんぐんと削がれているのだ。

ハッとしたように、燕貞があたりを見回した。

「あ……あぁ……」

やみくもに手足を振り回す土地神を、遠巻きに見ている領民たちの、目、目、目。

その目に、神に向けた信仰の光は、もはや宿っていない。不気味な化け物を見る目つきだ。

翼飛は陌刀をくるりと回し、両手で構えた。

「許海建、許燕貞！　新皇帝の命で捕縛する、覚悟せよ！」

柄《つか》の突端が、ドン、と土地神の胸に突っ込む。ギャアッ、と情けない声を上げて、土地神は壇の上に転がった。

たちまち、不思議な糸が新たに宙を走る。

化け物の身体はきりきりと締め上げられ、そして動かなくなった。

「そ……そんな……」

よろめく許燕貞の肩を、誰かがポンと叩く。

ギョッとした燕貞が振り向くと、翼飛の部下たちが立っており、先頭の一人が手にした縄を無表情でピンと張って見せた。


「よーし、やったぁ！」

魅音が快哉《かいさい》を叫んだところへ、声がかかった。

『なぁんだ、もう終わっちゃったワケ？』

廟の上に、金色に光り輝く大きなものがフワリと出現していた。体重を感じさせない、九本の尾を持つ狐。

陰界からやってきた、九尾狐だ。

「九尾狐様！」

『ずいぶん手際《てぎわ》がいいじゃん。どうやったのさ』

魅音は、すぐ後ろにいる笙鈴と視線を合わせて笑い合い、そして九尾狐に両手を差し出した。

「この子にも手伝わせて、一芝居打ったんです」

魅音の手の上で、小丸がチュッと得意そうにふんぞり返る。

「あの白い幕に、影絵を映したんですよ。四つ足の土地神役は、この子です」

魅音は松明《たいまつ》の炎を使って、小丸を斜め下から照らし、幕に大きく映し出した。

そのタイミングを見計らって、一番声の大きい翼飛に叫んでもらったのだ。

『土地神様だ！』

と。

彼の言葉を聞いた領民たちが、影を土地神だと信じ込んだため、燕貞は戸惑った。彼の仕込みではないからだ。

しかし、しめしめと思ったのだろう、それに乗っかってしまったのである。

『土地神様が、皆さんの信仰に応えて現れたのです！』

それこそが、魅音の狙いだった。

「私はそこで、九尾狐様のフリをして、影絵に登場しました」

ちなみに、九つの尾は、魅音の尾に布を数本結び付けただけである。その布を、笙鈴が糸で操って、九本とも動いているように見せかけたのだ。

土地神役の小丸は、そんな魅音に本気でビビってプルプルと震えてしまったが、それもまた土地神の情けなさを強調して良い結果に結びついたと思われる。

「『九尾狐様』が海建の罪状を読み上げたので、領民たちが信じてくれました」

もちろん、その罪状一覧は、俊輝から翼飛に送られていた先帝時代の記録だ。

「で、九尾狐様の私が土地神の小丸をやっつける場面を演じて見せようと思ったんですが、その瞬間に本物の土地神が落ちてきたので、影絵ではなく本当の捕り物場面に突入したわけで」

あはは、と魅音は笑う。

「いやー、ちょうど良かったです、影絵だけだと領民がちゃんと騙されてくれるか心配だったし……本物を思いっきり情けない姿で倒せたので、一番の正解でした。土地神を陰界からこちらに飛ばしてくれたのは、昂宇ですよね？」

『そうだよ。でも』

九尾狐は、じろりと魅音をにらみつける。

『あんたがあたしのフリしたんなら、結局あたしの力も使って倒したってことじゃん。陽界の人間だけの力で倒したとは言えないねっ！』

「あー、勝手に演じてしまって、申し訳ありません。でも……」

魅音はひるまず、にっ、と微笑んだ。

「狙ったんですよ、これ」

『……何を？』

「こんなことがあったわけですから、宏峰の民は土地神の代わりを求めます。そして、土地神を倒した九尾狐様を信じるようになる。その信仰によって、あなたの霊力はさらに高まるでしょう」

矜持をくすぐりながら、魅音は続ける。

「西王母様にとって、ますます頼もしい側近になれますね！」

『ふ、ふーん？　……ま、うん、悪くない、かなっ』

目を逸らした九尾狐だが、九本の尾はグルグルグルグル、機嫌よさげに回転している。

そして。

『んー仕方ないっ。約束だからね。返してやるか！』

ふいっ、と尾が数本、宙の一点を指した。

魅音と九尾狐の間の空間が、キラキラと光り出した。陽界と陰界が繋がったのだ。

そしてその光の中から、半透明の昂宇の、魂の姿が現れ、地面に降り立った。

彼は目を見開きつつ、ゆっくりとあたりを見回す。

そして、魅音に目を留め、ハッと目を見開いた。

「魅音！　うまくいきましたか？」

「ばっちり！　ありがと、昂宇！」

こぶしを握ってみせると、昂宇もホッとした表情になる。

「そうか、あぁ、よかった。……海建と、燕貞は？」

魅音と昂宇が振り向くと、海建はすっかり縮んで普通の人間くらいの大きさになり、壇の上で霊力の糸に締め上げられて、うごうごともがいていた。

燕貞の方は縛り上げられ、翼飛とその部下たちに取り囲まれて、地面に呆然と座り込んでいる。

彼はぶつぶつとつぶやいた。

「私は悪くない……父上はあの先帝の宮廷で生き抜いただけだ……そのために金が必要だったんだ……なのにあいつらときたら……くそっ、私は土地神になった父の愛の力で、のし上がってやるんだ……！」

翼飛が肩をすくめる。

「それで海建に力を集め、強くしたかったのか」

「放っておいたら、巨大化した土地神が、次はこの地の県令を襲っていたかもしれませんね。やがては、都に向かって俊輝に牙を剥いたかも」

昂宇は真顔になっているが、

「あんなインチキじゃ、そこまでいけないでしょ」

と、魅音はただ呆れる。

そして彼女は、ぼそっと続けた。

「それに、燕貞の言う『愛』って、なんか違う気がする。昂宇や美朱様の『愛』の方がいいな、私は」

たちまち、昂宇がうろたえだす。

「ぼ、僕の、『愛』……?」

そこへ、九尾狐が大騒ぎを始めた。

『はい終わり終わり！　昂宇の魂《こん》は魄《はく》と繋いだから、さっさと身体に帰んな！　あたしももう帰る！　こいつを回収して、大姐のところに帰るー！』

うごうごと動いている海建の襟首に、九尾狐は素早く爪をひっかけた。

『お前は陰界に来るんだよ。そしてもう二度と、陽界には行かせないからね！』

ひぃいいい、と海建が情けない声を上げたけれど、九尾狐は構わずに襟首を咥え、大きく跳び上がる。

そして、舞い上がる火の粉と共に、フッ、と姿を消した
魅音は黙って、九尾狐の消えた空間を見つめた。昂宇が声をかける。

「魅音？　どうしたんですか、何だか残念そうだ」

「ああ、うん。九尾狐様、行っちゃったな、と思って」

魅音の目に、篝火の炎が映ってきらめいている。

「あのお姿はね、神様の一歩手前の姿なんだよ。西王母様のオトコにちょっかいかけた！　ってなっちゃったから、言う機会がなかったけど、憧《あこが》れの姿なの。私がまずたどり着くべきは、あんな存在なんだもの」

「追いつこうと求め続ければ、またいつか出会えるかもしれませんね。……あ」

昂宇の姿が、ゆっくりと薄れ始めた。

「魂が、魄に引っ張られている」

「戻るんだね」

「はい」

彼は、目を細めて微笑む。

「じゃあ、魅音。今度こそ、ちゃんと再会しましょう」

魅音も、微笑みを返す。

「うん。会いに行くよ」

「楽しみにしています」

ひときわ大きく、昂宇の姿が輝く。

すぐに、彼も光の玉になって飛び去って行った。


温かさが、身体を包んでいるのを感じる。

昂宇が目を開くと、そこは寝台の上だった。紗を透かして、朝陽が部屋を照らしているのがわかる。夜が明けたのだろう。

「うっ……」

身じろぎして、昂宇は顔をしかめた。

とてつもなく、身体が重い。魂が長いこと身体を離れていたせいで、魂魄《こんぱく》の繋がりがまだ鈍いのだろう。

しかしすぐそばに、朝陽よりも温かなものが寄り添っているのを感じる。

かろうじて、顔を傾けてみると――

彼の右腕の下から潜り込み、腹に顔を載せた白狐が、気持ちよさそうにスヤスヤと寝息を立てていた。

表情を緩めた昂宇は、右手でゆっくりと、その毛並みを撫でる。

「………ありがとう」

その七　いつでも帰れる場所

昂宇の身体は、長いこと魂《こん》が離れていたとはいえ、魄《はく》は残っている状態だった。

そこで、身体が衰えないようにという翼飛の指示で、『王』家の使用人によって歩行訓練がなされていた。おかげで回復も早く、数日で馬車に乗れるようになった。

こうして、彼は天昌に帰還した。もちろん、魅音や笙鈴、小丸が一緒だ。

翼飛も、演習中の軍と合流してから天昌に戻って来る予定である。


「無事を信じてはいたが、よかった。顔を見てようやく安心したぞ」

永安宮の一室で、俊輝は安堵《あんど》の笑みを見せた。昂宇も笑顔を返す。

「心配をかけて、すみません。ありがとう」

「宏峰はどうだ、新しい領主を手配しておいたんだが」

「ええ、僕たちが発つ直前に会うことができたので、事情を説明して後を任せてきました。それと、以前の領主には医者がついていています。軟禁状態が長かったので、精神状態があまり良くないようですが、多少は回復が見込めるだろうと」

「そうか。……魅音、本当に助かった。やはりお前に頼んで正解だったな」

「それほどでもぉ」

得意げに胸を反らす魅音の横で、昂宇はため息をつく。

「まさか、魅音を呼び出すのに僕の文を使ったなんて……」

「まあ、あれはびっくりしたよね。今度こそ本当に妃⁉　って」

魅音は笑うしかない。

そんな彼女から、昂宇はそっと視線を逸らした。

「その……二人には、おめでとうと言ったらいいのかな」

「『おめでとう』？　二人って、私と陛下？　何がめでたいの？」

魅音が首を傾げると、昂宇は切なそうに目を伏せる。

「いや、だから、今度こそ本当に俊輝の妃になったんでしょう？　不思議な称号でしたね、ええと
……青鸞王妃、でしたっけ」

「あぁ！　それなんだがな」

ぽん、と椅子の肘《ひじ》かけを叩いた俊輝が、いきなり謝った。

「すまん、昂宇。実はお前がいない間に、お前を太常寺所属から外したんだ」

「え？　僕？」

魅音の話をしていたのに、なぜか自分の話になったので、昂宇は不思議そうに自分を指さした。

「いや別に、今回の件が解決したら天昌を離れて山に籠るつもりだったので、全然かまいませんけ

ど」

「いや、それもすまないが……別の仕事でもう少し、ここで働いてもらいたい」

俊輝は、傍らの卓子から巻物を手に取った。紐を解き、昂宇に見えるように上下に開く。

「お前に、称号を授ける。――『青鸞王』だ」

しばし、その場に沈黙が流れた。

「…………は？」

ほんの一音だが、昂宇はひっくり返った声を上げ、そのまま固まった。

目を丸くした魅音が聞く。

「陛下、どういうことです？」

「どうもこうも」

俊輝は巻物を巻き直しながら答える。

「俺を支えてくれている上に俺の従兄弟である昂宇など、とっくに出世してなきゃおかしかったんだ。だから、称号を与えて皇帝の相談役にした。ああ、官吏の誰からも反対は出なかったぞ。それに、俺にしてみたら昂宇を皇帝にする第一歩だな」

「えーと、じゃあ『青鸞王』っていうのは最初っから、陛下のことじゃなくて……」

「ああ。昂宇のことだ」

にや、と俊輝は口角を上げる。

「別にいいだろ？　西王母に会うために高い地位が必要だからって、俺の妃じゃなくても」

「言われてみれば確かに」

魅音はあっさりと納得した。

「ちょちょちょ、ちょっと待って⁉」

固まっていた昂宇がようやく我に返り、汗をだらだら流しながら俊輝に詰め寄る。

「つまり、み、魅音は僕の妃ってことに、なってるんですか⁉」

「うん」

俊輝は軽くうなずく。

「先に、魅音を昂宇の妻にする手続きをしたんだ。それから昂宇の地位を引き上げれば、自動的に魅音の地位も上がる。わざわざ身分のために翼飛の養女になる必要もない」

「なーるほどぉ」

指を鳴らした魅音が、面白そうに笑う。

「順番も大事だったわけですね。さすがは陛下、策士だ」

「褒めてるんだよな?」

「もっちろんですともぉ」

魅音と俊輝が和気あいあいと(?)している横で、昂宇はもはや二の句が告げずに真っ赤になっている。

そして、両手を変な風に動かしながら、しどろもどろに魅音に尋ねた。

「あの……魅音はその……いいんですか? 僕の、妃で」

「え、うん。逆に何か問題ある？」

「いやないですよ僕はね？　ないです、けどっ！　あああ」

昴宇は頭を抱えた。

「確かに、西王母を助ける鳥の名が僕の称号、って、ピッタリだ。どうして気づかなかったんだろう。それに、西王母が言っていた『もう一つの「理《ことわり》」』って、これのことだったのか……！」

魅音は正式な手続きで青鸞王妃になっていたので、西王母はとっくに、魅音が昴宇の妃であることを知っていたのだ。

そうなると、まだ寿命のある昴宇の魂が身体から離れていることに加えて、妻のいる昴宇が西王母の後宮に閉じ込められていることも、『理』に反する。だからこそ、西王母は昴宇が帰ることを後押ししてくれたのだろう。

鷹揚《おうよう》に、俊輝は笑う。

「まあ、昴宇が無事に戻った今、この状態を押し付けるつもりはない。これからどうしたいかはそれぞれの自由だ。……ただ、昴宇」

彼は、昴宇を見つめた。

「お前は一人ではない、ってことは、もうわかっているよな。その上でもう一度、帝国を治める立場になることを考えてみてほしい。皇帝になれとは強要しないが、『難』家にこだわらず、中央に残ることを考えてくれないか？　魅音も一緒に」

「私もですかー？　でもなぁ」

「お前、面白いことは大好きだろ。……さて、俺は仕事に戻るから、二人はゆっくりしてくれ。……ああ、そうそう、魅音に文が来ていたから渡しておくぞ」

懐から出した手紙をポンと魅音に渡すと、俊輝は部屋を出て行った。

はぁ、と昂宇がため息をつく。

「頭が追いつかない……み、魅音もでしょう？」

「あぁ、うん」

魅音は適当な返事をしつつ、俊輝に渡された手紙を開いて読んでいる。

「はぁ。へぇ。ふーん。……あのさ、昂宇。これからのことなんだけど」

「は、はい」

たちまち緊張して、昂宇は背筋を伸ばすと、片手で何かを止める仕草をした。

「言わないで下さい、わかってますわかってます。やっぱり嫌ですよね、巫の妻なんて。気持ち悪いですよね」

「え？　何で？　いやそんなことよりさ」

彼の言葉を軽くいなし、魅音は真顔で言う。

「私、しばらく天昌で暮らすわ」

「……えっ？」

「私ね、翠蘭お嬢さんに手紙を出したのよ。昂宇のことを助けたいから帰るのが遅れる、お嬢さん付きの下女をクビになっても仕方ないと思ってる、必要なら新しい下女を雇って下さい、って。そしたら、見てよこれ」

魅音はバサッと、手紙を昂宇に見えるように持ちかえた。

「お嬢さんからの返事っ。『結婚相手が数年間、仕事で天昌に赴任することになったから私もついていく。天昌で会いましょう』だって！」

「陶翠蘭が、夫とともに天昌に？　そんな偶然……あっ！」

昂宇は思わず声を上げた。

「また俊輝だ！」

俊輝は、昂宇を皇帝にするのを諦《あきら》めていない。だからまずは青鸞王に封じた、と、さっき本人が言ったばかりである。

さらに、陶翠蘭の夫の仕事に手を回し、翠蘭が天昌に来るように仕向けた。そうすれば、魅音も天昌に留まることになり、昂宇も天昌を去り難くなると考えたのだ。

どさっ、と椅子の背もたれに身体を預け、昂宇は天を仰ぐ。

「やられた……」

「わっ、昂宇、大丈夫？」

驚いた魅音がひざまずき、昂宇の膝に狐のように両手をかけて、顔を覗き込む。

「まだ本調子じゃないんだから、無理しないで」

昂宇は力の抜けた笑い声をあげた。

「はは、大丈夫です。もう開き直りました」

（そう、魅音がいるなら）

昂宇は身体を起こす。

「魅音」

「ん？」

「僕ももうしばらく天昌に残って、今後のことを考えてみます。で、こうしましょう」

彼は魅音の顔の前で、指を一本立てた。

「前にも言いましたが、あなたに優秀な老師《せんせい》を手配します」

「老師？」

「下女ではなくて青鸞王妃になったんだから、こそこそしないで好きなだけ学んだらいい。陶翠蘭も、学ぶのが好きなんですよね？　しばらく故郷を離れるわけだし、こちらで魅音と同じ老師について一緒に学べるように計らいましょう。どうですか？」

「……わぁ」

たちまち、魅音の大きな吊り目が、キラキラと玉《ぎょく》のように輝いた。

「それ、すごく素敵！　いいね、青鸞王妃！　やったー！」

彼女は跳ねるように立ち上がり、大喜びでくるくる回り出した。

「うん、まあ、僕と結婚した事実よりも喜んでくれて嬉しいですよ……」

少々複雑な気持ちになってしまう昂宇である。

しかしそれでも、そんな魅音が可愛くて、しかもその彼女が妃であることに幸せを感じないわけにはいかないのだった。


その数日後、永安宮の一室に、ひっそりと集まる者たちがいた。

五色の布で飾られた部屋の奥には、祭壇が設けられており、花や果物が溢れんばかりに供えられている。

祭壇に近い席には俊輝が座り、そばに美朱、青霞、天雪の三人の妃が控えていた。禁軍大将軍の翼飛の姿もあり、天雪と目が合うと軽く手を上げるなどして、仲の良さそうな様子だ。

隅の方には雨桐と笙鈴が立ち、静かに頭を下げて控えていた。笙鈴の肩には、小丸がおとなしく丸まっている。

やがて、部屋の入口からゆっくりと、二人の人物が入ってきた。

赤い絹に金の刺繍の煌びやかな衣装は、婚礼衣装。それを身に着けた二人は、もちろん新郎新婦である。

今日は、青鸞王とその妃の、遅ればせながらの結婚式なのだ。

魅音は、団扇を顔の前に掲げている。花嫁は顔を隠すべし、という昔からの作法があるからだが、もちろん横から楽しそうな表情が覗いている。

彼女は珍しく髪を高く結い上げ、いつもより濃いめの化粧をしていた。目鼻立ちがはっきりしているので、顔がとても華やかに見えて美しい。

昂宇も、いつも紺色の官服しか身に着けないせいか、赤い婚礼衣装で顔が明るく見えた。元々整った顔立ちなのを、周囲に思い出させる。

背が高いところへ長い上着を身に着けているので、立ち姿が映えた。


俊輝が式を執り行う提案をした時、昂宇は最初、辞退しようとした。

「結婚式⁉　そんな、僕は考えもしてなかったし……だいたい、僕と魅音が夫婦になったいきさつもいきさつだし、親戚が来るわけでもないし、それに巫の僕がそういう華やかな祝い事というのは……」

「魅音はやりたいそうだぞ？　なあ、魅音」

話を振られた魅音は、目をキラキラさせてうなずく。

「人間の結婚式、やってみたい！　それにね昂宇、お祝いの食事を卵尽くしにしてくれるって！」

「卵に釣られないで下さい！」

ツッコミを入れた昂宇だが、俊輝がまあまあと口添えをする。

「巫だからといって祝い事を避ける必要もないし、今の昂宇と魅音にかかわる人々だけで、内輪でやればいいだろう。それに、さすがに結婚式がナシというのは、陶家が納得しないと思うぞ」

陶家、というか、翠蘭である。お気に入りの魅音が結婚式もなしに誰かの妻になる（なった）、などと聞いたら、魅音を連れ戻そうとしかねない。

「やろうよ、昂宇。実は婚礼衣装、もうあったりして」

魅音の爆弾発言に、昂宇は仰天した。

「えっ⁉　み、魅音が用意したんですか⁉」

「ううん。泰山娘娘からの贈り物」

泰山堂に婚礼衣装が一式置かれているのを、宮女が見つけたのだ。

魅音の母代わりである、泰山娘娘の心づくしだった。いや、もしかしたら、きちんと結婚式をやれという脅しかもしれない。

「…………わ、わかりました。やりましょう、結婚式」

昂宇はある意味、神の圧力に屈したのである。


二人は、皆に見守られながら、赤い毛氈《もうせん》の敷かれた道をゆっくり歩いていった。そして祭壇にたどり着くと、その前にひざまずく。

祭壇には、婚姻を司《つかさど》る女神・女媧《じょか》の絵が掲げられていた。

昂宇と魅音は交互に、一言ずつ、誓詞を唱える。

『私たち二人は、天帝のもと、互いに信頼し、尊重し、一生を共にすると誓います』

言い終わると、二人は額づいた。そして立ち上がり、互いに向き合って、再び頭を下げる。

顔を上げた昂宇は、魅音をじっと見つめた。

魅音は団扇から上目遣いを覗かせ、悪戯《いたずら》っぽく笑った。

照帝国の結婚式は、これで終わりである。どちらかというと、この後の宴会に重きが置かれてい

るのだ。

宴会までの間、新郎新婦は二人でゆっくりできるように、極楽殿の一室を用意されていた。

「あーよかった、手順間違わなかったね！」

魅音は団扇を置くと、ながいすに腰かけて昂宇を見上げる。


式の後、部屋に入る前に、二人は皆から口々に祝福の言葉をもらっていた。

『魅音、おめでとう。正直に言うと、少しだけ羨《うらや》ましいけれど』

美朱は、そうささやいた。

『でも、陛下と昂宇さんが並び立つかもしれないと思うと、魅音が私たちの代表として結婚してくれたような気もして。何だか不思議ね』

照帝国では、皇帝と結婚式を挙げることができるのは皇后だけである。美朱たち妃は、後宮入りの際に花嫁衣裳だけは身に着けたものの、式を経験していない。それで、そのような複雑な気持ちになったのだろう。

一方、元宮女の青霞は頬を上気させ、

『私は参列できただけで大興奮だったわ！　先帝の結婚式の準備にしか参加したことないんだもの。とても綺麗よ魅音、おめでとう！』

とぶち上がっており、天雪は意外にも逆に落ち着いていた。

『私は兄や姉がたくさんいて、何度か結婚式にも参列しているから……でも、お友達が結婚するって素敵ね。おめでとう魅音、お幸せに！』

笙鈴と雨桐は隅の方にいたので、魅音の方から声をかけに行ってみると、笙鈴はボロボロ泣いており雨桐がもらい泣きをしていた。

『うっうっ、お二人とも陰界から無事にお戻りになって、こうして式ができて本当に良かったと思ったら、つい……』

また涙をこぼす笙鈴に、魅音が「笙鈴が一緒に来てくれたからだよ」と言うと、

『お役に立てない、なんてことがあったら、後宮に残らせていただいている意味がないですから。でも、嬉しいです。本当におめでとうございます』

と、ようやく笑顔を浮かべていた。


幸せな気分で、魅音は言う。

「結構いいもんだね、結婚式って。みんなが喜んでて」

「そう、ですね」

昴宇はうなずいて、魅音の隣に座る。

「たぶん、魅音のおかげだ。ありがとう」

「えっ、何!?　いきなりお礼とか」

微妙に引いてしまった魅音に、昴宇は向き直った。

「いや、ここは正直に白状しますが、こんなに祝福されたのは初めてなんです。魅音と結婚しな

かったら、一生あり得なかったと思う」

「そうなんだ。じゃあやっぱり結婚式してよかったよ、んふふ」

魅音は微笑んでから、あ、と声を上げた。

「そうだ昂宇、聞こうと思ってたことがあって」

「何です？」

「陰界の牡丹宮で昂宇を見つけた時のことだよ。やっぱり気になる。昂宇、変だったよね？」

口をとがらせた魅音は、昂宇の口真似をする。

「『あなたは誰ですか？』なーんて言ってさ。え、私のこと忘れちゃった？　みたいな」

「あ」

「冗談であんなこと言うわけないし、って後から思って。何だったの、あれ」

まっすぐに見上げて来る瞳から、昂宇はつい視線を逸らした。

「あー、その……あれは」

「あれは？」

「……つまり、ですね。西王母に魂を連れ去られる時、心を探るようなことを言われて、そう、とっさに結界で心を守ったんです」

嘘は言っていない。昂宇が守ろうとしたのは心の全てではなく、唯一《ゆいいつ》、魅音への気持ちだけなのだけれど。

（あの時は、僕のせいで西王母が魅音を害するんじゃないかと思った。いくら魅音でも、神々には

敵《かな》わないだろう。守るには、ああするしかなかった)

それは昂宇の、魅音に対する『愛』だ。

(僕が魅音を思う気持ちと、魅音が僕を思う気持ちは、たぶん少し違う。重いと思われたくない。この結婚は成り行きでも、魅音は嬉しそうだ。このまま、幸せなままにしておきたい)

だから彼は、魅音の笑顔を見つめながらも、本心を口にしなかった。

「へぇ！　じゃあ、探られないように記憶ごと封印しちゃったんだ」

魅音は素直に受け止めている。

「そうですそうです。ああ、そうだ魅音」

早口で答えた昂宇は、別の話題を探して逆に質問する。

「僕も聞きたいことがあったんでした。何で、僕の作った霊牌を持ってたんです？」

「えっ」

「とっくに必要なくなったものなのに。いや、助かったんですよ、あれのおかげで魅音の記憶が結界を破って入ってきたので」

「ああ、それで思い出したの？　じゃあ持っててってよかった」

にかっ、と魅音は笑う。

「なんでか、ずっと捨てられなかったの。昂宇の思い出だからかな」

はっ、と昂宇は息を呑み、彼女の瞳を探るように見つめた。

「僕との思い出を……大事に、覚えていようとしてくれてたんですか」

「いや、それは当たり前じゃない？　だって、昂宇だもん。何かあった時はいつでも助けに行こう、とまで思ってましたけど？」

「え、本当ですか？」

「本当だよ？　ちょっと何、その意外そうな顔。こっちは願掛けで、卵断ちまでしたっていうのに！」

魅音はプイッとそっぽを向く。

「全くもう」

「魅音」

ぱっ、と、昂宇が魅音の手を捕まえた。

「わっ。何？」

昂宇は一度、言葉を切った。そして、改めて続ける。

「あなたが青鸞王妃になったのは成り行きですが、神仙を目指して学ぶために、この立場を利用してくれたらいい。ついでに、僕が俊輝の相談役をやるように、魅音も妃たちの相談役になって差し上げたらいいと思います。だから……」

魅音と正面から向かい合い、もう片方の手も握ると、昂宇は思い切って口にした。

「だから、青鸞王妃、やってくれますか？　人間としての生を、僕と、夫婦として過ごしてくれますかっ⁉」

「あ、うん。そのつもりだよ？」

目をぱちくりさせ、彼女はさらっとうなずく。

「私だって、人間の夫婦ってどんな感じなのか、興味あったもん。昂宇となら悪くないなって思うよ。結婚式の誓詞だって、ちゃんと本気で言ったし」

「本当ですか？　夫婦ですよ？」

昂宇は念を押す。

「これから先、僕がどんな道を選ぶかわからないですが、それでも？」

「うん。皇帝やるかもしれないし、陛下の補佐を続けるかもしれないし、山に引っ込むかもしれないんでしょ？　私だって、これから何するかわからないよ。でも、どれをとっても面白そうだし」

未来を楽しみにしているように、魅音は笑った。

「そばに、いつでも帰れる。そういう人がいる、ってことでしょ」

昂宇は、きゅっ、と唇を噛んで、こみ上げるものを堪《こら》える。

「……そうですね。孤独じゃない」

一人でいるのは慣れていた。

陰界で目覚めた時は、世界に昂宇ただ一人きりのように感じられた。

けれど、離れていても彼のことを考えている人がいた。助けに来てくれる人がいた。

少しかすれた声で、彼は誓う。

「僕も、魅音のそばに帰る。ずっと」

「うん。ちなみに人間の生が終わった後も、私たち会えると思うけど。私は狐仙に戻れば陽界と陰界を自由に行き来できるし、昂宇はたぶん、西王母様のところで働くんでしょ」

「そ、それはどうかな……でも、陰界でも、その、よろしく」

「うん」

魅音はにっこりと笑い、きゅっ、と昂宇の手を握り直した。

「私たちの『愛』は、お互いが帰る場所だっていう『愛』なんだ。いいね、好きだな！」

「…………」

「あれ？」

魅音は昂宇の顔を覗き込む。

「ちょっと、何で涙ぐんでるの」

バッ、と昂宇は顔を背《そむ》ける。

「は？　泣いてませんが」

まるであやすように、魅音は握った昂宇の手を「ホントにー？」と揺らす。

「本当ですっ」

魅音の手を握ったまま、昂宇は素早く立ち上がって彼女を引っ張った。

「さあほら魅音、そろそろ会食の時間ですよ、着替えましょう。卵を死ぬほど食べるんでしょう？」

「食べる！」

魅音もパッと立ち上がる。

「この時のために二食抜いた！」

そんな魅音のお待ちかね、極楽殿での宴会である。

たっぷりと料理の盛られた膳が、宮女たちによって次々と運ばれてきた。

「わっ、鳩の卵入り餡かけ！　玉米卵《とうきび》！　それに卵の糕《ケーキ》――！」

魅音は両手を組み合わせ、喜びの声を上げた。卵断ちをしている間、妃たちに勧められても食べるのを我慢していたものの数々を、しっかりと頭に焼きつけて覚えていたのである。

しかも美朱に、

『この際だから、結婚式の宴会まで我慢したらどう？　二人の結婚生活がうまく行くように、願掛けで』

などと言われ、めちゃくちゃ頑張ったのだ。

「いやもう、本気で夢に出てきましたからね、卵ちゃん！　どうしよう泣きそう！　いっただきまーす！」

彼女は早速、パクつき始めた。

「ひゃああ！　美味しいっ！　優しさと幸福の塊！　やっぱり卵は最高！」

「心おきなく召し上がれ」

勧めた美朱が、ふと視線を上げ、俊輝と視線を合わせてはにかんでいる。

青霞は、

「ねぇ魅音、功労者の筆鈴にも美味しいものを届けてあげないと。私、宮女に言っておくわ。ねぇ、ちょっと！」

と宮女を呼び止め、指示を出す。

天雪は、

「昂宇さん、お聞きしたいんですけど、動物の剥製を動かす方術ってありますか？　私、背中に乗ってみたいの」

と割と真剣に、昂宇に質問し始めた。


食事が一通り終わり、ゆっくり酒を飲む時間になった頃、昂宇は酔い覚ましに席を立った。

極楽殿の回廊を歩き、縁台に出る。見上げれば冷たい月が煌々と光り、吐いた息が凍りながら空へと帰っていく。

「昂宇！」

声がかかって振り向くと、魅音が廊下をやって来るところだった。

「魅音。翼飛殿はいいんですか？」

「大将軍様ってば、お酒の飲みっぷりも大将軍なんだもん。もう無理！　逃げてきちゃった」

赤い頬をした魅音は、何やら笑っている。

「翼飛様と話してて可笑《おか》しかったんだけど、私は影絵をする時に幕の裏側にいたから、翼飛様は私の狐姿は見てないんだよね。『あの九尾狐の影絵は上手《うま》かったな、本物の狐がしゃべってるみたいに口が動いていた。どうやってやったんだ？』だって」

「じゃあ、あれだけ一緒に行動していて、まだ狐仙の本性は気づかれてないってことですか？　すごいな」

昂宇も笑ってしまった。

「ああ魅音、泰山娘娘に婚礼衣装のお礼を申し上げに行こうと思うんですが」

「そうだね！　じゃあ明日にでも、後宮の泰山堂に行こっか」

「はい、じゃあ許可を取ります」

「へー。てっきり、女だらけの後宮なんてもう行きたくない、って言うと思ったよ」

「…………あれ？　そういえば、嫌な感じがしないな……」

話しながら、二人は宴会場に戻っていく。

空からはちらちらと、雪が舞い始めていた。


そんな空の上で、二人を見ていた影があった。

宙に浮かぶ九尾狐と、その背に横座りに座った西王母だ。

『大姐、ホントによかったの？　昂宇のこと、あっさり帰らせちゃって。女嫌いの呪いも解いちゃったし』

自分の背中を、九尾狐は首をひねって見上げた。

西王母はうなずく。

『もちろん。玉秋、そなたは誤解しているようだが、私は昂宇を特別視しているわけではないぞ。他にも気に入りの巫は各地におってだな、例えば倒友剛、翻浩然、折家軍……』

『え、大姐、好みの巫の名を全部覚えてんのー⁉　ドン引きっ』

鼻に皺を寄せる、玉秋である。

西王母は笑って、団扇で下界を指した。

『見てみよ、昂宇があんなに生き生きとしておる。魅音がそばにいた方が、あやつは力を増す。いずれ私の役にも立ってくれよう。それに……』

九尾狐の頭に、西王母のたおやかな手が優しく触れる。

『私は玉秋がいれば、それで十分だ。言ったことがなかったか？』

『ないよぅ』

『それは済まなかったな』

『ンッフー』

九尾狐は機嫌よく、西王母の手に自分から頭をこすりつける。


いつしかその姿は、くるくると雪を巻くようにして消え――

殿舎からは夜を温めるような賑《にぎ》わいが、ただ、聞こえていた。

狐仙さまにはお見通し

―かりそめ後宮異聞譚―

2

番外編　蓮を咲かせる妃たち

その一　東風解凍　～はるかぜこおりをとく～

皇帝・王俊輝の従兄弟である南昂宇が、青鸞王という皇帝の補佐的な称号を与えられたことが、正式に発表された。

昂宇は元々、著名な人物だったわけでも何でもない。突然登場したその名に、俊輝と姓が違うことや、どこの娘かわからない妻がいることなど、違和感を覚える者もいただろう。

しかし、事情を知っている者は、これが最高の形であることもまた知っている。

事情を知らない者は、時期が時期なのだから政治の立て直しに必要な人材なのだろう、と納得したり、そもそも一般民衆にとっては興味の外だったりした。


「まあ、注目されない方が僕は助かりますね。俊輝の補佐をずっとやるかどうかもわからないし、実は忌み字の姓を持っている巫、なんてバレると微妙ですし」

昂宇はそんな感じでホッとしており、

「いやー、成り行きとはいえ翠蘭お嬢さんより位が上になっちゃったよ、何だか悪いな。あと、うっかり本性がバレたりすると私もちょっと」

魅音もそんな感じなので、夫婦揃って割とおとなしくしている。少なくとも、表向きは。

「無害そうに見えてその正体は、方術士で巫の夫と、狐仙の妻というわけだ。なんというか、霊的強者感が半端《はんぱ》ないな」

とは、俊輝の弁である。


二人は役目のため、皇城の中に小さな宮を与えられて暮らすことになった。宮の名は、特に決めるまでもなく『青鸞宮』と呼ばれている。

『王』家の巫としての昴宇は、決まった日に本家に出向いて儀礼を執り行ったり、時折『難』家のある山に籠って霊力を高めたりするのが仕事だ。その合間に、俊輝の補佐的な仕事をする。

魅音の方は、ようやく自由に学べるようになったので勉強に熱中しており、また時々後宮に遊びに行っては妃たちと交流している。照帝国では結婚によって姓が変わることもないし、魅音は偉ぶることもないので、人間関係は以前とちっとも変わらない。

ありがたいことに、雨桐が魅音の侍女になったので、暮らしに不自由も一切なかった。

ちなみに、小丸も一緒だ。

小丸については、少し変化があった。

「……あれ」

松の実を食べさせようと手のひらに載せた時、魅音は気づいたのである。

(小丸から、霊力を感じる)

狐仙の魅音や、半妖の笙鈴と触れ合い、さらに陰界にまで行って西王母や九尾狐のすぐそばにいたせいだろうか。小丸は霊力を持ち始めていた。

ネズミもまた、霊力がどんどん高まれば、狐仙ほど強力ではないにせよ仙になることがある。

「そっか、小丸がねぇ。……もし嫌だったら、私から離れなよ？」

指先で頭を撫でると、小丸は機嫌良さそうに、ちゅっ、と鳴いた。

彼は今、魅音の部屋に小さな住処《すみか》――一抱え程度の大きさの架子床――を作ってもらって、そこで暮らしている。

魅音と昂宇は青鸞宮を分け合うようにして暮らし、食事の時間や休日は、ともに過ごす。

「魅音。昨日、どこに行ってたんですか？」

「恒心寺《こうしんじ》っていうお寺。書物に出てきたんだけど、あそこの七重の塔が珍しい建築様式なんだって。早速見に行ったの！　天昌からだと色々と珍しい場所を見に行けて、いいね！」

「一応、青鸞宮には護衛がいましてね……魅音がいないとわかってあわてていましたが？」

「私に護衛とかいらないじゃん」

「それはそうですが、彼らは魅音の裏の顔を知りません」

「裏じゃないんですけど。狐仙の顔はむしろ表なんですけど。えー、いちいち護衛連れて行くの？　めちゃくちゃ時間がかかるから嫌だ」

「そうではなくて！　それこそ僕みたいに、今日は籠るから部屋に入るなと言って抜け出すとか、工夫したらどうかと言ってるんです」

「もー、わかったよぅ」

そんな二人は、時には軽い喧嘩（？）をしながらも、基本的にはいたって仲良くやっている。


ようやく寒さが緩み、後宮の池に張った氷もすっかり溶けた、ある日。

魅音と昂宇は揃って、美朱から呼び出された。妃に会うということで、二人とも以前より華やかな身なりをして後宮を訪れている。

特に昂宇は、官服から青鸞王に相応《ふさわ》しい衣装に変わり、慣れずに少し居心地が悪そうだ。

「何だかすっかり、後宮への出入りを認められてしまった」

渡り廊下を歩きながら複雑な表情をしている彼に、魅音はクククッと笑う。

「私は私で、永安宮の陛下の部屋、出入り自由だしね」

「要するに俊輝の警戒がガバガバなんですよ……まあ、私たちなら変なことはしないと信頼されているということではありますが」

「新婚夫婦だもんねー」

魅音はこの状況が新鮮で、楽しくて仕方がないのだ。昂宇は返事に困り、片手で赤い顔を覆っている。

侍女の案内で珊瑚宮に入ると、美朱は昼食に魅音の好物を用意して待っていた。

「いらっしゃい。昼食を食べながら話しましょう」

「粽子《ちまき》ですね、いい匂い！」

竹の皮の香りを楽しみながら開いてみると、茶色く艶々したもち米から大きな具がゴロゴロ覗いている。

「肉と、塩漬けの卵黄が丸ごと入っているわ」

美朱が自分の分を割ってみせると、濃い黄色の卵がねっとりと姿を現した。魅音は早速かぶりつく。

「んむっ、うわ、しょっぱい卵も美味しいです！　甘い味つけのもち米と合う！」

幸せそうな魅音を眺めてから、昂宇と美朱は顔を見合わせて微笑んだ。

「ふふ。こうして魅音が喜ぶのを見るのは楽しいものだけれど、話をしてもいいかしら？」

「もちろんです。たぶん魅音も聞いてます」

魅音は「聞いてまーす！」と小さく片手を上げている。

「実は、照帝国の年間儀礼のことで相談があるの。ここ数年、後宮は行事や儀礼を行うどころではなかったわ。でも、復活させるべきだと思って。せめて、特に重要な儀礼はね」

美朱は、近くの棚から巻物を一つ取って、開いた。

どこかの殿舎に、祭壇がしつらえられている様子を描いた絵だ。皇后らしき女性が祭壇の前に座り、祈りを捧げている。

「儀礼はいくつもあるけれど、その中に皇后主宰のものがあるの。でも先帝時代、愛寧皇后は後宮を離れてしまったし、今も陛下には皇后がいらっしゃらない。だからといってずっとやらないでいたら、いつか皇后が立たれた時に困るでしょう」

「どんな儀礼なんですか？」

魅音が尋ねると、美朱は答えた。

「蓮花儀礼よ」

　絵の祭壇の上にも、大きな蓮の花がある。

　後宮には大きな庭園があり、そこの池には夏になると一面に蓮の花が咲いていた。その花を摘んで奉納し、さらに秋にはこの蓮の茎の繊維を使って、儀礼用の敷物を作るのだ。繊維を取り、糸を紡ぎ、絹糸と一緒に織って天帝に捧げる。そして、泥の中から美しい花を咲かせる蓮のように帝国が繁栄するよう、祈る。

　この一連の儀礼は、照帝国の儀礼の中で唯一、皇后が行うことになっていた。

「皇后が置かれていない時は、代わりに最高位の妃が担うのですって」

　美朱は、それは私だという意味か、団扇を軽く胸に当てた。

「先帝時代は儀礼どころではなくて、誰も代わりを務めなかったのね。それに宮女が減ってしまったから、儀礼に携《たずさ》わった経験のある人も少なくなったでしょ？　今のうちに実際の儀礼を行って、新しい宮女たちにも学ばせた方がいいわ」

「確かに、伝統が途切れないようにするためには、それがよさそうですね」

呪いを解かれた昂宇は、美朱と話すのも抵抗がなくなっていた。彼女の話を落ち着いて聞き、同意している。

「さすが美朱様、帝国のことを考えてらっしゃるー！」

魅音はべた褒めした。

とたんに美朱は頬を染め、

「あ、当たり前のことでしょ、そういう立場なのだから」

と言いながら団扇で口元を覆った。照れ隠しである。

「いいから、続き！　続きを聞いてちょうだいっ。まずは池の様子を見に行きたいのだけど、魅音と昂宇さんについてきてほしいのよ」

「なぜです？」

魅音は首を傾げる。

魅音はもはや身代わり妃でも宮女でもなく、後宮の行事にそれほど詳しいわけでもない。それに、昂宇のような、皇帝の相談役に頼む内容とも思えなかった。

「それが……」

美朱は、美しい眉を曇らせた。

「ここ三年、池の蓮が咲かないらしいの。儀礼のことを別にしても、心配だわ。どうしてなのか、一緒に調べてほしくて」

暖かい日を選び、魅音と昴宇は美朱とともに後宮内の蓮池を訪れた。

赤い欄干の橋がかかる広い池には、水面から枯れた蓮の茎が伸び、その先で葉がくしゃりとうなだれている。

覗き込んでみると、底の方は泥のようだけれど浅い部分は水が澄み、様々な色の鯉がゆったりと泳いでいた。

「蓮って、特に何もしなくても育つっていう印象があります」

魅音が言うと、美朱はうなずく。

「そうね、私もよ。でも三年間、花は咲かなかった。気候とか、水とか、庭師たちが色々と原因を探ってはみたようなんだけれど、結局わからないみたい。それで、その……」

口ごもりながら、美朱は目を泳がせる。

「他に原因が考えられるとしたら、何かっていう……」

「あ」

ぱちんと指を鳴らし、魅音はずばり尋ねた。

「もしかして、何か怪異がかかわってるかもしれない、って思ったんですか？」

「ま、まあね。だって他に、考えられないでしょ」

美朱は何やら歯切れが悪い。

魅音はにっこりする。

「なるほど！　怖いから、私たちに一緒に来てほしいって」

「いいから見てちょうだい、ほらっ」

美朱にぐいぐいと前に押され、魅音はンフンフと笑いながら昂宇を見た。

「はーいっ。昂宇、わかる？」

彼女自身は霊感がポンコツなので、昂宇に丸投げである。

「はいはい、少しお待ちを」

昂宇は池の縁にしゃがみ込み、しばらく水面を見つめた。一度立ち上がり、場所を変えて、また同じことをする。

何ヶ所か確認したのち、立ち上がった昂宇は美朱と魅音のところに戻って来た。

「おかしいですね」

「何か、いるの？」

美朱は落ち着いた口調で聞いたけれど、片手はこっそり魅音の袖を握っている。

昂宇は首を横に振った。

「逆です。いないんです」

「いない？　何が？」

「蓮花の小仙女です。気配が感じられないんですよ。これだけ大規模な蓮池ですから、いないのはやはりおかしい」

花にはそれぞれ小仙女、つまり花の精がいる。目には見えなくとも、人々は古来から彼らがいると信じ、物語を楽しんできた。

敏感な子どもや、霊感の強い人間、人ならざる存在に触れたことのある者は、実際に見ることができる。

「今はいない、ということ？　前はいたのかな」

「咲いていたころはいたでしょうね。なぜいなくなったのか……」

魅音と昂宇が話していると、美朱が尋ねてきた。

「魅音や昂宇さんは、前に泰山娘娘や西王母様と話をしたと言っていたわね」

「はい」

「じゃあ、蓮《はす》の花神《かしん》にはお会いしたことはある？　お会いして原因を伺う、なんてことはできるのかしら」

花神は文字通り、花果を司る神々である。十二の月ごとに花神がいると言われていた。

地方によって咲く花は異なるので、信仰されている花神がどこの地方でも全て同じというわけではないのだが、一月は梅花神、二月は杏花神、三月は桃花神……といったふうである。蓮花神もその一柱《ひとはしら》で、六月の花神だ。

「花神にお会いしたこと、私はないですけど……あ、そうだ、今の私は青鸞王妃だった。会っていただけるかも！」

魅音が同意を求めて昂宇を振り返ると、彼もうなずいた。

「花神廟に行ってみましょう。後宮にはあるんでしょうか？　あれば一番いいんですが」

「あるはずだよねぇ、後宮にはたくさんの花々が咲いてるから……まぁ今は少ないけど……そんな花々を見守る花神を祀る廟なんだもん」

「尚服局《しょうふくきょく》の宮女なら、知っているかもしれませんね」

後宮には尚服局という部署があり、祭祀に使う道具や備品を管理している。祠や堂への供え物も用意しているだろうから、そこで聞けば花神廟があるかどうかわかるはずだ。

「よし、行ってみましょう」

そう言いだす昂宇を見て、魅音が「おぉ」と両手を合わせた。

「いやー、昂宇が自分から『行こう』だなんて。すっかり気軽に女性に声をかけられるようになって、ホント助かるわー」

「誤解を招く表現はやめてもらえますかね⁉」


こうして、魅音と昂宇は、話を聞きに行ってみたのだが——

「かつては、あったみたいなんです。花神廟」

珊瑚宮で待っていた美朱に、二人は報告する。

「最初は『ない』っていうか、要するに花神廟に関する仕事をしている人はいないという返事で。念のために、尚服局の尚服（長官）にも聞いてもらったら、以前はあったという話を聞いたことがあるって」

「以前って、三年前とか？」

「いえ、蓮の花が咲かなくなった時期とは関係なくて、もう三十年とか四十年とか前だと。ただ、どうして廟がなくなったのか、それとも今もあるけど打ち捨てられてしまっているのかが、ちょっとわからないみたいでした」

「それなら、内文書館に記録が残っている可能性があるわね」

美朱は立ち上がる。

「今度は私も調べに行くわ。人手がいるでしょ」

恐れ多くも李賢妃とその侍女たちまで一緒に、様々な書物や記録が納められている内文書館に出かけることになった。

行ってみると、ちょうど内文書館の前でバッタリ出会った人々がいた。

青霞と、その侍女たちである。彼女たちは皆、巻物を抱えていた。

「美朱様、魅音に昂宇さん！　どうなさっ……おっとっと」

青霞が落としそうになった巻物を、魅音が素早く受け止める。

「わ、魅音、ありがとう」

「どういたしまして。今日も忙しそうね、また宮女たちの仕事を助けてるの？」

「まあね。でも、この資料を返却したら一段落よ」

微笑んだ青霞は、皆の顔を見渡した。

「皆さんはどうなさったんです？　美朱様までおいでになるなんて」

そこで美朱が、花神廟を探している、という話をした。

青霞は眉間にしわを寄せ、何かを思い出す表情になる。

「私も聞いたことありますね、花神廟のこと。誰から聞いたんだったかしら……そうだ、確か明舜とか錦華……それに今の尚服って慶齢よね……」

「えっ、何、何？」

魅音が身を乗り出すと、青霞は答える。

「ああ、ごめんなさい。前に、花神廟についての話をしてた宮女たちがいたんだけど、元・牡丹宮担当の子ばっかりだなって思っただけなの。その子たちは、もう辞めちゃったけど」

「牡丹宮……」

ふと引っかかった魅音は、「あ！」と声を上げて皆の顔を見回した。

「牡丹の花神といえば、十二花神のまとめ役、百花の王です。ひょっとして、花神廟と牡丹宮が関係ある、ということはないですかね？」

「ありそうな話ですね」

昂宇がうなずく。

「では、今から行ってみましょうか。牡丹宮に」


結局、資料を返し終えた青霞も一行に加わった。まずは尚寝局《しょうしんきょく》を訪れ、美朱の名で鍵を借り、ゾロゾロと皇后不在の牡丹宮に向かう。

「牡丹宮は、後宮の建物の中でも最も古いものの一つなんです」

道すがら、青霞が説明してくれた。

「皇帝が二人いた時代があったんですよ、共同統治か何かで。その頃に二つの小さな宮が建てられて、それぞれの妃が住んでいたとか。でも、次の皇帝の御代になって、皇帝が一人、皇后も一人になったので、二つの宮を繋いで一つの皇后宮にした……ってわけですね」

「あ、繋いだっていう話は、西王母様から聞いたよ。『口』と『口』を繋いで『日』みたいな風になってるのよね」

魅音の言葉に、青霞はうなずく。

「そうそう。真ん中の横棒がすっごく太い『日』だけどね、真ん中が大庁《おおひろま》になってるから」

大門にかけられていた閂の錠前を魅音が外し、一行は中に入った。二門を通り抜け、まずは手前の内院に出る。

池にかかった橋、その真ん中に四阿。魅音が陰界で見たそのままだ。陰界の後宮は『写し』で、こちらの方が『元』なのだけれど。

「ここに来ると、また閉じ込められそうな気になるな……」

昴宇はまるで警戒するように、内院を見回している。

魅音は彼の背を軽く叩いた。

「じゃ、全部開け放っちゃおうよ。それで、牡丹の花にまつわるものがないか、探してみよう。昔の牡丹宮のことがわかる文献でもいいな」

鍵で開けられるところは全て開け、一行はぐるりと牡丹宮を見て回った。普段は掃除の宮女しか入らないそこは、豪華な調度品もそのままに、静かに眠っているかのようだ。

美朱が、正房から内院に降りてきた。巻物を一つ手に持っている。

「牡丹宮の見取り図があったから、一応持ってきたわ」

侍女たちとともに、書物を確認していたらしい。

「広げて見てみたけれど、皇后に相応しい素晴らしい宮ね。でも、変わったところはないように思えます」

「私も見ていいですか？」

魅音が受け取って開いた時、昂宇が戻って来た。

「皆さん、ちょっとこちらへ」

「何か、あったのですか？」

美朱が聞くと、昂宇は言う。

「霊力を感じる場所があるんです」


彼が案内したのは、『日』の真ん中の太い棒、つまり大庁だった。

彩色画の描かれた格子の天井を、立派な柱が立ち並んで支え、宮の主人が座る場所は高く作られて、絹張りの大きな椅子が置かれている。

「この、東側の壁です、霊力を感じるのは」

昂宇はそこに触れてみせた。青霞が首を傾げる。

「特に、変わった様子は見えませんね」

「そうなんですよね。もしかしたら、壁の向こうに何かあるのかもしれない」

「向こう？　向こうって、すぐ外よね。太い横棒がまるごと大庁なんだし」

魅音は、先ほど受け取った見取り図を確認してみた。

「あれ？　昂宇、見て！」

大庁の東の壁のあたりを、魅音は指さす。

壁の向こうがすぐ外、なのではない。見取り図には、謎の細長い空間があった。

どうやら外側から入れるようだが、部屋として使える広さではないどころか、人間が二人入ればいっぱいと思われる狭さだ。一体何の空間なのかわからない。

「とにかく外、回ってみよう。美朱様、四阿でお待ちください」

魅音が言うと、

「いいえっ、わ、私も行くわ。大した距離でもないし、皆で行動しましょう。ね、そうしましょう」

と美朱は言い切った。

要するに、霊力を感じるという場所でバラけるのが怖いのである。

二門を出て、しかし大門からは出ず、一行は建物と壁の間をぐるりと回り込んだ。

「牡丹宮に来たことはあるけど、こんなところに入り込むの、私は初めてだわ」

青霞がささやいた。

どうやらこのあたりは掃除が行き届いていないらしく、壁には年季の入った汚れがあるし、雑草もはびこり放題だ。

やがて、例の空間のあたりに差し掛かった。

建物の外壁に、赤い両開きの戸がある。棒が横に渡されて閉められているが、鍵のようなものはない。

「……開けますよ」

昂宇が近づき、横に渡されていた棒をそっと外して脇に置いた。

ギッ、と音を立てて、戸が開かれる。

「あっ……」

皆が息を呑んだ。

奥行きが魅音の腕一本分くらいしかないそこには、簡易的な祭壇が置かれていた。奥の壁には掛け軸がかかり、紅色の牡丹の花を手にした女神が描かれている。

「こ、ここが、花神廟……?」

美朱が目を見張る。

「なるほど。わかった気がします」

昂宇が、祭壇の左右をそれぞれ指さした。

「改築する前、二つの宮の間に、この廟があったんでしょう。しかし繋ぐ時に、元々あった廟の場所は動かさず、そのままここに残したんだ」

「そっか、だから建物に埋め込まれたみたいになったのか。『牡丹宮』っていう名もやっぱり、ここからとったのかな。でも、こんなに小さいっていうか薄いと、大庁の中からはわからない。隠し廟ね」

面白そうに目を輝かせている魅音の横で、美朱がじっと掛け軸を見つめた。

「後宮で何かあったのか、単に引継ぎがうまくいかなかったのか……とにかく、いつしかこの廟がここにあることは忘れ去られてしまったのね」

「知らなかったわ。宮女だった身として、申し訳ないことです……」

青霞が意気消沈してうつむいている。

「じゃあ、ちゃんとしなきゃね」

魅音は、ぽん、と両手を打ち合わせた。

「蓮の花のことをお聞きする前に、ここを綺麗にしましょう！」

青霞が廟の中や周辺を掃き清め、美朱が祭具を拭いている間に、魅音と昂宇が菓子や線香などの供え物を調達してきた。

ひとまず、きちんとした祭壇になる。

「お参りしましょう。お詫びをしなくては」

美朱を先頭に、皆が両手を重ね、礼をした。

魅音も深々と、頭を下げる。

（長らく拝せず、失礼しました。どうか、供物をお受け取り下さい。そして、後宮の花たちについて教えてください……）

　すると。

『うーん……』

　吐息交じりの、悩ましい声が響いた。

　はっ、と皆が顔を上げると、掛け軸がぼんやりと光っている。

　と思うと、するり、と絵から何かが抜け出してきた。半透明の女性だ。左手に牡丹の花を一輪、持っている。

「ひっ」

　美朱が悲鳴を上げそうになり、意志の力で抑え込んだ。

　女性は右手を上げて伸びをし、欠伸《あくび》をする。

『ふわぁ……賑やかですわねぇ……珍しいこと』

　紅色、白、紫色に染め分けられた衣装をまとい、頭にも牡丹の花飾りをつけた、華やかな美貌の女神。

　牡丹花神だ。

　彼女もまた神仙であるため、その場の人々を見てすぐに、何者なのか理解したらしい。

『まぁ、初めてお目にかかります、皆さま。李賢妃、江氏、それに青鸞王、青鸞王妃』

　青霞には称号がないが、婦としての位は持っているので、姓で呼んだらしい。

「初めまして」

昂宇は、ごく自然に挨拶した。魅音も並んで、

「お騒がせしまーす」

と軽く話しかけた。それを見て、驚いて固まっていた美朱と青霞も気を取り直して姿勢を正し、礼をする。

『騒がせるだなんて、そんな。詣でてもらえるのは、いつでも嬉しいですわ』

花神はおっとりと微笑んだ。

そして少し視線を上げ、耳を澄ましているような、匂いを嗅いでいるような、そんな素振りをする。

『帝国後宮の廟に来るのは久しぶり。ずっと怨嗟《えんさ》の声に満ちているのを感じていましたけれど、新皇帝が即位なさってずいぶんと、空気が美味しくなりましたのねぇ』

先帝時代の後宮を、彼女はだいたいのところ、知っているようだ。

『けれど、ずいぶん花たちが減ってしまったのですね。仕方ないとはいえ、寂しいこと』

「これからまた、花々を増やしていけたらと思います。花は、気持ちを明るくしてくれますから」

魅音は言い、そしてさっそく尋ねた。

「花神様、実はその花のことで、ちょっと伺いたいことがあって」

花神は艶《あで》やかに微笑んだ。

『牡丹、とお呼びになって下さいまし』

「あ、そう？　じゃあ遠慮なく。私のことも魅音と呼んでね」

とたんに砕ける口調に、隣で昂宇が「距離感！」と突っ込んだが、魅音はお構いなしだ。

「牡丹、あなたは、後宮の花たちについても知ってるのね？」

『ええ、だいたいは』

「蓮花の池があるでしょう？　実はここ数年、花が咲かないの。小仙女たちもいなくなってしまったし。どうしてか、ご存知？」

『ふぁ……』

また小さく欠伸をしてから、牡丹は不思議そうに応えた。

『それはそうでしょう。だって、あんなに恐ろしい場所だったんですもの。小仙女たちも逃げ出すに決まっておりますわ』

「えっ」

「あっ」

背後で美朱と青霞が小さく声を上げる。

魅音と昂宇も、顔を見合わせた。

「……言われてみると、そうね」

「ええ。怪異に満ちた後宮から多くの宮女たちが去りましたが……小仙女たちも同様だった、ということか」

蓮花の池に、死んだ妃の姿が映る……などという噂《うわさ》もあったほどである。

思わず、といった様子で、美朱が前に踏み出した。

「牡丹の花神様。どうしたらまた、蓮の花は咲くようになるのでしょう？」

『そうですわねぇ。とにかく、わたくしの方から蓮花神に言って、蓮の小仙女たちに呼びかけてもらいましょう。後宮に戻るように、と』

花神は答えたものの、少し困った表情を見せた。

『けれど、今の季節、蓮花神は眠っておりますの。私も、まあ、本来は眠っている月ですけれど、花神のまとめ役を仰せつかっておりますので』

眠そうなのはそういうわけだったようだが、責任感もまた強い女神なのか、頑張って起きてきたらしい。

『蓮花神は六月に目覚めますから、待つしかございませんけれど、それからつぼみをつけるには遅すぎます。今年の花は間に合いませんわね』

花神は、一行の顔を見渡す。

『それに元々、花の小仙女たちは繊細な子たち。後宮に戻るかどうか、こればっかりは、小仙女たちの気持ち次第なのですわ』

その二　魚上氷　～うおこおりをいずる～

その日の夕食後、昂宇が自室で調べ物をしていると、「昂宇！」と部屋の外から声がした。

「魅音、どうぞ」

「お邪魔しまーす」

カタン、と戸を開けて、魅音が顔を覗かせる。

「借りたい書物があるんだけど、いい？」

「もちろん」

昂宇がうなずくと、彼女はひょい、と中に入ってきた。

「仕事中だった？」

「ええまあ。でも大丈夫です。何の書物ですか？」

「花のこととか季節のこと、調べたいなと思って」

魅音は今回の件で、そういったことに興味を持ったのだ。

「いつどんな花が咲くのかなんて、私、あんまり細かく気にしたことなかったから。春には桃や杏、秋には桂花、程度の知識しかないのよね」

「なるほど。花については、ここにはあまり資料がないんですが、季節についてなら色々とありますよ。方術にも関わってきますからね」

昂宇は書棚から、一つの巻物を取り出した。卓子の上で広げる。

「魅音は、『二十四節気《せっき》』については知っていますか？」

「そりゃあ知ってるよー、一年を二十四等分して、それぞれ名をつけたものでしょ」

得意そうに、魅音は言う。

人間が考えた分類名ではあるが、長い時を過ごしていれば耳に入るし、人間に生まれ変わってからは翠蘭が老師から教わっているのも聞いている。

それにそもそも、呼び名は違っても、陽界にいれば季節のうつろいは肌で感じているものだ。

「では、今の時期は二十四節気では？」

「『立春』。もうすぐ『雨水《うすい》』よね」

「正解です。では……」

昂宇は、巻物のさらに先を開いて指さした。

「これは知っていますか？」

魅音が手元を覗き込む。

「『七十二候』……聞いたことはあるけど。え、一年をさらに細かく分けてある」

「だいたい五日ごとくらいで分けたもので、より細やかに季節のうつろいを表しています。今日なら『魚上氷《うおこおりをいずる》』」

「あぁ、氷が薄くなって割れて、魚がピョンと飛び出してくる……みたいな感じ？　いいね、新鮮で美味しそう！」

「美味しそう、って」

池に張った氷の上で、魚を捕まえようと飛び出すのを待ち構える白狐……という光景が思い浮かび、昂宇はうっかり笑ってしまった。

魅音がムッとする。

「何よ」

昂宇はゴホンと、咳払いでごまかした。

「いや、何でも。この書物、魅音と一緒に読むだけで面白そうだな、と」

「ふーん。じゃ、ここで読んじゃおっと」

頬を膨らませたまま巻物を手に取った魅音は、卓子に近寄って彼の椅子の隣にさっさと座ってしまった。

「ちょ、魅音」

「あ、仕事中だったっけ？」

確かにそうなのだが、急ぐわけでもない。

昂宇はわざとらしいため息をつきながら座った。

「しょうがないな、少しくらいは付き合いますよ」

「やった！　色々聞いちゃおう」

ぱあっ、と魅音が見せた嬉しそうな笑顔から、昂宇は目が離せなくなってしまった。

(こんなに、僕と一緒にいて楽しそうに。なんて……)

「ん?」

「あー、ええと」

彼は、しゅしゅしゅっ、と巻物を手繰《たぐ》る。

「蓮の花が咲くのはここ、このあたりですね! 二十四節気の『小暑《しょうしょ》』、七十二候で言えば『蓮始華』」

それを聞いて、魅音はしばし考え込んだ。

「……どうかしましたか?」

「美朱様がね、がっかりしてたの。今年は蓮の花を咲かせられそうにないから。可哀想だな」

魅音は椅子の背にもたれる。

昂宇はためらいつつ、言った。

「何かを育てる、というのは本来、手間も時間もかかるものです。根気強く待つしかないでしょう。それに、今年は間に合わないという話でしたが、来年なら咲かせられるかもしれないんだし」

「うーん、でもね、小仙女たちは繊細だって牡丹が言ってたでしょ? じゃあ、蓮花神から後宮に戻るように言ってもらっても、来年戻ってくるかわからないよね。一度、怖い思いをした場所なんだから」

「……確かに」

うなずかざるを得ない昂宇である。

魅音は、どこか遠くを見るような目をした。

「美朱は、陛下への『愛』があるから、何かしたいんだと思う」

「えっ」

どきっ、として、昂宇は魅音の顔を見た。

(『愛』なんて言葉、僕はそうそう口に出すことができないけれど、魅音は前にも口にしていた。……特別、気になる感情なんだろうな)

魅音は続ける。

「恋愛の『愛』なのかな、敬愛の『愛』なのかな。わかんないけど。……とにかく、待ってるだけじゃ、叶わないから」

『待っているだけじゃ、叶わない』――

それが美朱の想いのことを言っているのか、それとも小仙女を呼び戻すことだけについて言っているのか、彼女の口調からは昂宇は判断できなかった。

彼は少し考えてから、隣に座る魅音を見つめ、口にする。

「何とかして、蓮が咲くといいですね。『蓮《レン》』……『憐《レン》』と同じ音を持った花。いつくしむ気持ちがこもっているような、そんな花です」

「そっか。慈《いつく》しむのも『愛』か。いいね、好きだな」

彼の顔を見上げ、魅音は微笑んだ。

（魅音は、僕との『愛』が好きだと言っていた。どういう『好き』なのか、気にならないといえば嘘になるけれど、十分、嬉しい）

昂宇は、思い切って言う。

「ぼっ、僕も好」

「あ、そう、それでね！」

パッ、と魅音は立ち上がる。

「私も待つのは苦手なんだよね。他に蓮の花を咲かせる手段がないか、もうちょっと探してみる！」

「あっはい」

何かが空ぶったような気持ちになりつつ、昂宇は「頑張ってください」とだけ答えた。


その、数日後。

白狐に変身した魅音は、こっそりと青鸞宮を抜け出して外出した。

行先は、恒心寺という寺院である。天昌を出て南へ少し行ったところにあり、魅音がつい先日、七重の塔を見学に出かけた場所だ。

ここは、照帝国の初期の皇帝が母を弔うために建立した寺で、本殿、七重の塔の他に、広い蓮池がある。

寺に到着すると、魅音は狐姿のまま山門を入り、人に見られないようにササッと本尊に挨拶した。

そして藪《やぶ》の中に潜みながら、本殿を回り込む。

裏手の蓮池が見えてきた。あたりは鳥の声がするばかりで、静かだ。

池に近づいてみると、蓮の葉がちらほら育ち始めていたけれど、まだつぼみはついていない。

『蓮の小仙女さーん。いる？　ちょっと話があるんだけど』

魅音は池に張り出した茂みに身を隠しつつ、水面に呼びかけた。

人間の器に生まれているため、霊力はポンコツな魅音である。しかし、基本的に花の咲く場所に小仙女がいるのはわかっているし、魅音の方から霊力を発することはできるので、相手が気づくのを待つことは可能だ。

何度か呼んでいると、やがてポンと、葉の上に小さな光の玉が現れた。

『うぅん、だれぇ？』

高く、か細い声がする。

『ごめん、寝てた？　私、狐仙の魅音』

鼻面を伸ばして葉に近づけ、魅音は名乗った。

すると、

『え、狐仙さま？』

『狐だって』

『狐の妖怪が来てるの？』

きゃあきゃあと、小さな光がその葉の上に集まって来た。白や薄紅色のその光たちは、ふわっ、と小さな子どもの姿に変わる。

一人が魅音の中指くらいの身長しかない、蓮の小仙女だ。狐だ狐だ、と騒いでいる。

『うん、妖怪じゃなくてね、狐仙ね狐仙』

念押ししてから、魅音は尋ねる。

『もしかして、私のこと怖い？』

『えー、こわくないよ』

『狐は蓮、たべないもん』

それはそうだ。

『ならよかった。実はね、天昌城の後宮から逃げちゃった、蓮の小仙女を探しているの。どこに隠れているか、知らない？』

地道な聞き込みである。

『えー、知らなーい』

『私も知らない！』

小仙女たちはクスクス笑い、すぐに飛び去って行ってしまった。

（うーん、ダメかー。……ん？）

あきらめかけた時、小仙女が一人だけ、葉の上に残っているのに気づいた。内股《うちまた》になって、もじもじしている。

『あの……狐仙さま』

『なーに？』

『このお寺にね……えっと、こうきゅうではたらいていたおばあさんが、くらしてたことがあってね……』

（引退した宮女が、尼になったんだろうな）

魅音は思いながら、『ふんふん』と相槌をうつ。

小仙女は、話を聞いてもらえて嬉しいのか、もじもじしつつもニコニコと続ける。

『そのおばあさんが、わたしたちのこと、キレイってほめてくれたの。それでね、そのときにね』

『うんうん』

『こういうふうにね、言ってた。『こうきゅうのヒャクネンハスもキレイだけど、ここのもキレイだわ』って』

（ヒャク……何？）

魅音が思った瞬間、不意に、真横から声がした。

『ヒャクネンハスだって⁉』

『うわっ』

反対側にのけ反った拍子に、魅音は転がってしまった。すぐにさらに半回転して、パッと四つ足で立つ。

そこには、この寒い中、黄色い花をつけている一本の木があった。まん丸のつぼみと、蜜蝋《みつろう》のように艶々した花が連なり、ほのかに甘い香りを漂わせている。

そして魅音の目の前には、黄色い光をまとった小仙女が浮かんでいた。

彼女は莫迦にしたように言う。

『あいつらがこんなとこ、来るわけねぇだろ』

『あなた、何の小仙女？』

『何だよわかんねぇのかよ、蝋梅《ロウバイ》だ！』

勝気な口調の蝋梅の小仙女は、腰に手を当てて目を吊り上げている。

魅音は鼻面を上げて、スンスンと匂いを嗅いだ。

『蝋梅。いい匂い。冬なのに咲いてる花ってすごいね、貴重な癒しだー』

『えっ』

彼女は一瞬、身体を引く仕草をしたかと思うと、あわてたように視線を逸らす。

『ま、まぁな。……じゃなくて、か、勝手に癒されてりゃいいだろ！』

すぐ絆《ほだ》されるタイプらしい。

その隙に（？）魅音は尋ねた。

『ねぇ蝋梅、「こんなとこ来るわけない」って、ヒャクネンハスの話だよね。ヒャクネンハスって何？』

『「百年蓮」だよっ』

正しい発音で言うと、蝋梅は肩を怒らせた。

『あたしは苗の頃、後宮にいた。だから百年蓮のやつらのこと知ってる。百年蓮は、自分たちのこと特別だって、偉っそーにしてやがってさ。そういうやつらだから、他の種類の蓮が咲いてるとこになんか逃げ込まねぇよ！』

蛹梅は言うだけ言って、『フン！』と鼻を鳴らすなり、ピュッと木の幹に吸い込まれた。

『ちょ、もう少し詳しく……あー』

前足を上げて引き留めようとした魅音だけれど、すでに蛹梅の小仙女の気配はない。

いつの間にか蓮の小仙女も再び眠りについたようで、見えなくなっていた。

寺からの帰り、魅音は他の池も覗くなどしてみたが、蓮の小仙女の情報は得られなかった。

その三　鴻雁北　～こうがんかえる～

南から燕《つばめ》が飛来し、それと入れ替わるように、鴻雁《こうがん》が北へと去っていく。

そんなある日、美朱の呼びかけで、青霞、天雪、そして魅音は珊瑚宮に集まった。

美朱は、『蓮花儀礼の復活を考えてみたけれど、今のところ復活の見通しは立っていない』という話をする。

「せっかく色々と調べたのだから、今日この場で共有し、まとめてはおこうと思います。後々、役に立つかもしれない。それでやっぱり無理そうだとなったら、他の儀礼や行事でできるものがないか、検討してみるしかないでしょうね」

これまでの説明が一通りなされる。

魅音も、恒心寺の蓮花池に行った時の話をすることにした。

「――というわけで、蓮の小仙女はいなかったの」

「直接探しに行ったの？」

美朱は驚き、天雪は感心している。

「確かに、後宮から逃げ出した後、近くにいるかもしれないですもんね」

「でも、人海戦術で探すのも大変よね。そもそも、霊感のある人じゃなきゃ探しようがないし、蓮花池ってかなり多いわ」

青霞の言葉に、魅音はうなずいた。

「そうだよね。私も、天昌の外で真っ先に思いついたからあそこに行っただけだし」

そこへ、珊瑚宮の侍女たちが、茶と菓子を運んできた。魅音の前にも器が置かれたので見てみると、棗《なつめ》と何か白っぽい実を煮たもののようだ。

美朱が勧める。

「蓮のことを調べたついでと言ってはなんだけれど、蓮の実を入れた甘味を作らせたわ」

「この白っぽいのが蓮の実ですか？　蓮って実が生《な》るんだ！」

興味深く魅音が観察していると、青霞が説明してくれる。

「花の真ん中に、花托《かたく》っていう花の台座になる部分があって、穴がたくさん空いているの。その穴の中に実ができるのよ。薬にもなるから、私の実家でも扱っていたわ」

「薬になるんだ⁉」

「棗と一緒に食べると、元気が出るのよ」

「へぇー！　じゃあありがたく、いただきます！」

銀杏《ぎんなん》くらいの大きさの実を、匙《さじ》ですくい、口に入れてみる。

「甘くてほくほくしてる。美味しい！」

「……あっ。このお茶も」

茶杯から一口飲んだ天雪がつぶやき、美朱が視線を向ける。

「ああ、そうなの、蓮の葉のお茶よ。少し苦みがあるから、苦手なら天雪には他のお茶を淹れさせるわ」

「大丈夫です！　飲めます」

天雪は言って、再び一口、飲み下した。少々、頑張って飲んでいる感がある。

美朱は微笑む。

「無理しないでね。でも、身体にはいいのよ。……実も葉も取り寄せたもので、後宮で採れたものではないけれど」

「あ、そうだ」

その話を聞いて、魅音は思い出す。

「後宮の蓮は、何だか特別なんだって聞きました。『百年蓮』って言うんだって」

「ああ、そうですってね」

美朱も知っていたようだ。

「私も、調べていてその名前を見たわ。後宮を建てた時、池を作ったら、誰も植えていないのに蓮の花が咲いたんですって。おそらく、数百年も昔にそこに池があって、蓮の花が咲いていて、池がなくなった後も土の中に種が埋まっていたんだろうって」

「じゃあ、そこを掘って水を入れたら、その種から芽が出たってことですか？　数百年の時を超えて？　わぁ、何だか素敵」

天雪が両手を合わせ、魅音も感心する。

「数百年！　はぁー、それで百年蓮っていうんだ。自分たちを特別だと思うわけですね」

「え、何？　誰が誰を特別だと思ってるの？」

不思議そうな青霞に、魅音は蝋梅の小仙女から聞いた話をした。

「――というわけで、『他の種類の蓮が咲いてるとこになんか逃げ込むわけねぇだろ！』とか言われちゃった」

「あらら。ふふ、それにしても魅音って本当、不思議な体験をするわよね」

青霞は笑ってから、ふぅん、と考え込む。

「そんなに特別な蓮なの。じゃあやっぱり、天昌の周りの蓮花池を適当に探しても、無駄ってこと？」

「ちょっと、可哀想になってきたわ。そんな様子では、逃げ込む場所なんてないのではないかしら」

美朱は茶杯を見つめ、つぶやく。

「恐ろしい後宮を逃れて、今、どこにいるのか……行き場をなくして消えてしまった可能性もあるわよね……」

しばらく静かに、茶をすする音だけがしていた。

やがて、天雪がコトンと茶杯を置く。

「あのー」

「ん？」

「どうしたの、天雪」

目を向けて来る他の妃たちの顔を、天雪は順々に見た。

「お話を聞いていて、思ったんですけれど。後宮と同じ種類の……つまり、百年蓮のところにならい、小仙女たちは安心して逃げ込める、ってことですか？」

「まあ、そういうことになるかしら」

少し呆れた声で、美朱が答える。

「でも、後宮で生まれ育った蓮こそが、百年蓮なのだから」

「はい。ただその、百年蓮」

こくん、と天雪はうなずいた。

「私の実家で、父が鉢で大事に育てている蓮があるんですけれど」

「……？　ええ、それで？」

美朱が先を促すと、天雪は両手でパアッと花の形を作って続ける。

「その蓮、曽祖父の代に当時の皇后様から、後宮の蓮を株分けしていただいたものだと言っていました。あれ、たぶん、百年蓮なんじゃないかと思って」

「…………なっ……」

皆が目を丸くして、天雪を見る。

そして。

「天雪！　それだわ！」

「百年蓮の小仙女たちは、『白』家にいるかもしれない！」

青霞と美朱が思わずガタッと立ち上がり、驚いた天雪は「ひゃっ」とのけ反る。

魅音は吹き出した。

「あーもう、最高ね天雪。珍貴妃の事件の時も、あなたが持ってた遊戯盤が真相にたどり着くきっかけだったし！」

「そういえばそうですねー。そういうめぐり合わせなんでしょうか」

天雪は不思議そうにしているけれど、青霞が真顔で、

「今度から、何かあったらまずは天雪に相談するべきかも」

と言うと、美朱までが大きくうなずいたのだった。


ひとまず落ち着いて話し合った結果、妃たちは二つの行動を起こすことにした。

本当に『白』家の鉢に百年蓮の小仙女がいるか、確認すること。

同時に、他に後宮から株分けされた蓮が存在するかどうか、過去の記録を当たってみること。

『白』家に行く役は、魅音が引き受けることになった。

「お願いします、魅音」

天雪が両手を合わせて頼む。

「私の実家だし、すぐそこなんだけれど、私が行くとなると妃の里帰り？　みたいになって、大ご

とになってしまうんだもの。それに、私では役に立たないし」

そう、天雪は霊感がゼロなので、小仙女がいるかどうか判断がつかないのである。

「お父様には、今日中に文を書いて届けます。まずは、百年蓮を見てみたいから、ということで」

そして、過去の記録を探そうと言い出したのは、青霞だ。

「『白』家にいなかったら他を当たらなくてはならないんだから、先に百年蓮のありかは明らかにしておいた方がいいと思って。まあ、そんな記録があるのかもわからないけど、探してみます」

「皆、頼むわね。……あぁ」

美朱は大きく息をついた。

「ずっと話し合いをしていて、さすがに疲れました。少し、外を歩かない？」


皆の足は自然と、蓮池に向いた。

先日、美朱や昂宇と来た時と変わらず、冬の間にすっかり枯れた蓮が茶色い姿を見せている。しかし、もうしばらくすれば眠りから覚め、新たな丸い葉が浮いてくるだろう。

赤い欄干の橋を渡る途中で足を止め、妃たちは池を見渡した。

「静かですね」

ぽつりと天雪が言う。

「そうね。このあたりは、人が住んでいない宮も多いから」

青霞がうなずき、そして魅音も同意する。

「冬だから、周辺の他の花も少ないし。……というか、春になってもあまり咲かないかもね。世話をする人が減ってしまったから」

「………」

美朱も黙ってあたりを見回していたが、やがて口を開いた。

「ねぇ。この池に戻ってくることを、小仙女たちは喜ぶかしら」

「えっ？」

「珍貴妃の怪異は去ったけれど、この池のあたりも、以前の賑わいには程遠いと聞いたわ。昼間でもこんなに寂しくて、一人で歩くのもためらうほどよ」

後宮が安全になっても、ふるさとのこの池そのものが怖くて嫌がるのではないか……と、美朱は思ったようだ。

「私が、怖がり過ぎるのかしら」

美朱は自嘲気味の笑みを浮かべる。

「暗いことばかり言って悪いわね、呼び戻してみないとわからないのに。こういう先回りは無意味だわ」

「美朱様、まずは魅音の知らせを待ちましょう」

青霞が声をかけ、美朱も「そうね」とほほ笑んだ。

そんなわけで、魅音は翌日さっそく『白』家の本家を訪れた。

天昌から東に半日、岩山のふもとにある町だが、宿が都より安く、馬を群れで放しておける草地に囲まれているので商隊に人気で、かなり賑わっている。

そんな町のはずれに、『白』家の屋敷はあった。岩山の斜面に作られた屋敷で、階段を上ったり、トンネルをくぐったりしながら上っていくと、様々な意匠の建物や庭が現れる。

(何だか楽しい作り！　天雪は、ここでのびのびと遊びながら育ったのかな)

魅音はあちらこちらを見回しながら上った。青鸞王妃が一人で訪れるのはさすがにおかしいので、今回ばかりは護衛と、侍女の雨桐を連れている。

斜面の真ん中あたりに客を迎えるための建物があり、そこで屋敷の主人が待っていた。

「天雪がお世話になっております！　それに、翼飛とも懇意にして頂いているそうで、ありがとうございます」

天雪の父は、翼飛とは違って背は低かったが、固太りというか厚みのある身体つきをしていた。四角い顔も相まってとても強そうな、元武官である。

「初めまして！　急なお願いですみません」

「いえいえ、ちっとも」

当主は手を振ったけれど、少し不思議そうに尋ねてきた。

「百年蓮をご覧になりたいそうですね。花の季節ではありませんが、よろしいので？」

「はい。蓮って、枯れたところも風情《ふぜい》があっていいですよねー」

しれっと褒めると、当主は感じ入っている。

「良いご趣味だ。よろしければ夏に花も見においでください、ここ数年は特に花がたくさんついているんですよ。さあ、こちらです」

案内された内院に、大きな鉢が三つ、置かれていた。

季節が季節なので、まだつぼみはないが、内院で気温が外よりは高いのか、鉢にはすでに新しい葉が浮いていた。これからもっと背が高くなっていくのだろう。その隙間を、小さな魚がすいすいと泳いでいるのが見える。

魅音は近づき、すぐ近くにしゃがみ込んだ。

じっ、と鉢を見つめ、意識を集中した。

(うん。何か、気配を感じる)

魅音はいったん立ち上がり、『白』家当主を振り向いて微笑んだ。

「しばらく、見ていてもいいですか?」

「ああ、これは気の利かないことで! ごゆっくりどうぞ。少ししたら、茶を運ばせます」

察しのいい当主はそう言って、席を外した。

魅音は再び、鉢のそばにしゃがみ込むと、そっと呼びかける。

「百年蓮の小仙女さん」

初めは、何の反応もないように思えた。

しかし、風もないのに、浮葉の周りに波紋が広がる。

「起きてる? 私は、狐仙の魅音。話をしたいの」

魅音はそう言って、根気強く待つ。

やがて、浮葉がほんの少し持ち上がり、葉の陰から小さな光が覗いた。

紅色の光をまとった、小仙女である。

『狐……？』

「そう。こんにちは。こんにちは！」

『こんにちは。あの……何の御用、でしょう？』

そのまなざしは、いぶかしげだ。

蝋梅によれば、高い矜持《プライド》を持っているという話だったので、魅音は気をつけながら語りかけた。

「眠ってたのにごめんなさい。聞きたいことがあってきたの。あなたは、後宮で生まれ育ったんだってね」

『ええ……そうですけれど』

「最近、というか数年前、後宮からここに新たに小仙女たちが来なかった？」

『どうしてそんなことを聞くんですか？』

完全に警戒されている。

魅音は、優しい口調を心がけた。

「あなたたちを心配している人たちがいるの。怖い思いをしただろう、って」

すると、小仙女はわずかに視線を泳がせた。

やがて、覚悟を決めたのか、ふわりと片手を振った。

三つある蓮の鉢に、ふわふわっ、といくつかの光が点る。

『小仙女たちは、ここで眠っています。皆、後宮から、逃げてきました』

魅音はホッと胸を撫で下ろした。

「無事でよかった。あなたも驚いたでしょ、生まれた場所がそんなふうになったって聞いて」

『……ええ。驚いたし、悲しかったわ。だから、じゃあここにいればいいと……』

そう答えつつも、小仙女は目を伏せる。

いくつかの光が、震えた。人の姿は取らないまでも、話を聞いているようだ。

魅音は、明るい声で言う。

「あのね、もう大丈夫。後宮の怪異はなくなったから」

『えっ』

驚く小仙女に、魅音はさらに告げる。

「私はあなたたちに、故郷に戻れるよ、って教えにきたの」

『でも！』

光の玉から、口々に鋭い声がする。

『みんな、すごく怖がっているわ！』

『悲鳴が聞こえたの！』

『血の匂いもしたのよ！』

「大丈夫！　本当にもう、そんなことないよ！」

お得意の強い言い切りをしていると、最初の小仙女がいぶかしげに、魅音を見た。

『……えっと……狐のあやかしさん、なんですよね？』

「狐仙ね、狐仙」

魅音は念を押したが、小仙女は聞いているのかいないのか。

『ちょっと、その、狐のことでは色々と噂が……昔、偉い武官さまのご兄弟の仲を、狐のあやかしが美女に化けてぶち壊しにしたとか何とか……そういうことするならちょっと、狐は信用できないというか』

（ハイどっかで聞いた話──！）

昂宇の祖父・王暁博《おうぎょくはく》に頼まれて、その弟の大博《だいはく》に美女の姿でまとわりつくようなことをしたのは、誰あろう魅音だ。

（やば、自業自得《じごうじとく》だけど信用されてないっ）

心の中では焦りながら、口では平然と言う。

「あらー、そんなことあったんだ？」

今でも堂々と嘘をつく彼女である。

「でも小仙女さん、私はあなた方にとってお得な話を持って来ただけよ？」

何だか段々、詐欺か押し売りの常套句《じょうとうく》みたいになってきた。

『……あの、私、もう眠るので。お引き取り下さい』

とうとう小仙女は、まるで布団をかぶるように浮葉の下に入ろうとした。魅音はあわてて引き留める。

「待って待って、本当に怖いことはもうないんだって」

(いやーしまったなぁ、昂宇に来てもらえばよかった。昂宇なら、みんなが信じるもの)

そういう点で、魅音は昂宇に全幅の信頼を置いているのだ。しかしとにかく、今、どう信用してもらうかである。

とっさに、魅音は考えた。

(怖いことはない、って言って寂しい蓮池に連れて行っても、信じてもらえない。美朱の言ったとおりだ。これは、準備が必要ね)

「よし、わかった」

魅音は、ポン、と自分の胸を叩く。

「もう後宮は怖くない、ってことを、証明してみせるわ」

『証明? そんなの……』

「だって、逃げてきた子たちは安心して故郷に戻りたいでしょ?」

『それは……そうですけど』

小仙女も、色々と葛藤《かっとう》しているようだ。

「もう少ししたら……そうね、桃の花が咲き始めたら、一度後宮を見に来て。この鉢ごとお借りして、運んでもらうようにするわ。賢明なあなた方、蓮の小仙女たちの目で真実を見て、まだ怖いようだったら、鉢から出なければいい。そのままここに返すから」

『…………』

小仙女はためらいながら振り返り、光の玉たちと小声で何か相談しているようだ。

やがて、彼女は魅音を見上げた。

『わかりました。私たちの目で見て、判断しようと思います』

こうして魅音は、天雪の父にもう一度鉢のところまで来てもらい、小仙女たちに聞こえるように「鉢を借り、数日で返却する」という約束をしたのだ。

その四　桃始華　～ももはじめてはなさく～

七十二候でいえば『桃始華』――桃の花が開く頃になった。

まだ空気に冷たさは残るけれど、桃色の花の他にも様々な花のつぼみが膨らみ、あるいは若芽が萌え、景色が明るくなってきた気さえする。

『白』家から後宮に、馬車で蓮の鉢が運び込まれた。三つとも、蓮池のほとりにある殿舎に下ろされる。

鉢にかけられた布の覆いが取り外されると、待っていた魅音が鉢を覗き込んだ。

「百年蓮の小仙女さんたち、お帰りなさい」

『…………』

水の中には光の玉がいくつも見え隠れしているが、怖がっているのか震えるばかりで、なかなか鉢から出てこない。

「さあ、あなた方の目でじかに、ふるさとの様子を確かめて?」

魅音は促す。

代表してか、前に魅音と会ったあの紅色の小仙女が現れた。警戒心をあらわにしつつも、鉢の縁からそーっと頭を出し、あたりを見渡す。

そして、ハッ、と目を見開いた。

『……！　ねぇ、みんな！　見て！』

『えっ』

『何？』

光の玉たちが、ようやく鉢から出てくる。

そして一斉に、ぽん、と小さな人の姿を取った。皆、上品な紅色の衣をまとっている。

『まあ　明るいわ！』

『何て賑やかなの！』


蓮池のほとりにあるいくつかの殿舎は、戸が全て取り払われ、開放的になっていた。そして、あたりは色とりどりの木々に囲まれている。

見れば、大勢の宮女たちがそれぞれ春色の衣を身にまとい、小道を散策したり、池に浮かべた極彩色の舟で舟遊びをしたり、隣の殿舎で歌や踊りを披露したりしていた。雨桐と笙鈴が、四阿で茶を楽しんでいるのも見える。

さざなみのように聞こえる宮女たちの声は、春の陽光そのもののように明るく、ひらりと扇られる団扇も、薄布が張られて軽やかだ。

皆、笑顔である。

それは、後宮で笑ったり楽しんだりできる、ということが一目でわかる光景だった。

『あぁ、歌が聞こえる』

『咲いている』

『戻ってきたのね』

小仙女たちのまとう光が増し、笑い合う。

そして――

光が、きらきらと飛沫《しぶき》を舞い上げながら飛び上がった。踊るようにくるくると回ってから、勢いよく欄干を越え、池に飛び込んでいく。

たちまち、水面に丸い緑の浮葉が波紋のように浮かび、あちらこちらと広がり始めた。

「あっ、蓮の葉が！」

わあっ、と、宮女たちの歓声が上がった。

一人残った、あの小仙女は、鉢からその様子を眺めていた。

「……あなたも、元々はここの生まれなのよね。戻りたい？」

魅音は聞いてみた。

「『白』家の当主は、『もとはといえば後宮の蓮を頂いたものだから、必要ならばお返しします』と言って下さったよ」

『いいえ』

彼女はゆっくりと首を振る。

『私は満足しています。大事にして下さる当主様を、代々、独り占めできますしね』

そして、自分の肩に手をやって小さくため息をつく。

『……あぁ、ホッとした。さすがにちょっと、あんなにたくさんの子たちと一緒だと鉢が狭かったんですよ』

「そっか」

クスクスと笑って、魅音は横を見る。

そこには、美朱、青霞、天雪が、それぞれ華やかに装って池を眺めながら座っていた。

「大成功のようね、魅音」

美朱が澄ました笑みを浮かべる。

「後宮内の局をいくつか、蓮池の周りの殿舎に移して女官たちに出入りさせる。引っ越しは大変だったようだけど、寂《さび》れた雰囲気はだいぶ払拭《ふっしょく》できたわね」

その向こうから、青霞が顔を出した。

「それに、すぐにたくさんの花を咲かせるわけにはいかない中、あれはいい考えだわ」

「あ、風が」

天雪が指さすのを見ると、木々が風に揺れた。

その枝には、細く切った色とりどりの布が結ばれ、春風になびいている。まるで風が七色に染まったかのようだ。

「あれは、雨桐が教えてくれたの。雨桐の故郷は花の産地で、普段から衣を作る時に端《は》切《ぎ》れを取っ

ておいて、花のお祭りの時に木に結ぶんですって」

「尚功局《しょうこうきょく》が新しい宮女たちの衣を仕立てているところで、ちょうどよかったわね」

手に入れて来てくれたのは、青霞である。他にも、彼女に協力してくれた宮女たちがあちらこちらから集めた。

今の後宮は恐ろしくないとわかってもらうため、魅音が考えたのが、後宮の皆で楽しむ看花遊宴――この春の宴なのである。

「やってるな」

低い声がかかり、殿舎に入って来たのは俊輝だ。昂宇も一緒である。

「陛下」

妃たちは立ち上がって、両手を重ねて礼をした。

俊輝は笑う。

「本当ならもっと豪華にしてやれたはずなのに、しかし今の財政難だと……と思っていたが、こんなに美しい宴になるとは。妃や宮女たち自身が、まるで花のようだ」

「ずっとしまい込んでいたもの、楽しめなかったこと、それを解放できるというだけでとても嬉しいと、宮女たちが言っていました」

青霞が微笑む。

美朱が口を開いた。

「陛下、蓮の花の小仙女たちが、池に戻ってきました。これでもしかしたら、夏に蓮が咲くかもしれません」

「そうか、よかった」

うなずく俊輝に、彼女は申し出る。

「そうなりましたら、今年の蓮花儀礼、執り行ってもよろしいでしょうか？」

「ああ、助かる。大事な儀礼の復活だからな。主宰の美朱が大変になってしまうが」

俊輝に労われ、美朱はほんのりと頬を染めた。

「いいえ、むしろ光栄です。今後のためにも、ぜひ、やらせてくださいませ」

（うふふ）

魅音はその様子を、ご機嫌で眺める。

（今はとにかく、このお二人が皇帝と最高妃。互いに手を取り合って、頑張ってらっしゃる。照帝国にとってすごく幸せなことだなぁ）

そこへ、昂宇が近寄って来た。

「見事でしたね、魅音。本当に蓮の小仙女たちを呼び戻せるなんて」

「でしょ！　あー、でも、後宮が明るくなったって話が広まると、後宮入りして陛下の妃になりたいって人も増えちゃうかな？」

「かもしれませんね。俊輝の政治手腕が広まって、じわじわと人気が上がってきているところですし」

二人でうなずき合っていると、「おいおい」と俊輝が割って入ってくる。

「調子に乗って妃を増やすなどしないぞ。だいたい、俺は先帝以前の正常な状態に戻そうとしているだけだし、それも半分は昂宇の手柄なんだからな。俺が妃を増やすなら昂宇も」

「ちょっと！　何の話ですかっ」

必死の形相で、昂宇は俊輝の言葉を遮った。もちろんまんまとからかわれているわけで、俊輝はニヤニヤしている。

昂宇は魅音をパッと振り返った。

「ぼ、僕は魅音だけいればいいんですからね！」

おっ、とその場の人々が目を見開き、無言で魅音に注目した。

魅音は横目で、昂宇を軽く睨む。

「えー、ほんとかなー。昂宇、フワフワのもの何でも好きそうだから信用できない」

昂宇は「そっち⁉」と突っ込み、俊輝は笑い出し、妃たちは意味がわからず顔を見合わせた。

魅音も笑いながら、昂宇の腕に自分の腕を絡める。

「今の後宮、私とても好きだなー。昂宇、散歩しようよ！」

そして、昂宇をぐいぐい引っ張って歩きながら、池を見渡す。

後宮だけではなく、どんな場所も、季節のうつろいを楽しみながら過ごせる場所であってほしい、と。

この春の宴は、次の年からは花神を称《たた》える祭りとして、毎年行われるようになったという。

※ここでの七十二候は、基本的に唐代中国で作られた『宣命暦《せんみょうれき》』を参考にしていますが、物語の内容に合わせて江戸時代に日本で使用された『貞享暦《じょうきょうれき》』を一部採用しています。現代日本の七十二候はさらに改訂されています。

狐仙さまにはお見通し

―かりそめ後宮異聞譚―

2

ArianRose
アリアンローズ
アリアンローズ新シリーズ
大好評発売中!!
転生者であるカムデン侯爵家の娘セラフィーナは七つも年上の王太子から、
突然婚約を申し込まれてしまう。
その後も王太子クリスからの好感度の高さが謎過ぎて……。
年の差、溺愛、乙ゲー転生ファンタジー第一弾、開幕!
好感度カンスト王子と
転生令嬢による乙ゲースピンオフ
著：ぽよ子　イラスト：あかつき聖

ArianRose
アリアンローズ
アリアンローズ新シリーズ
大好評発売中!!
結婚式当日に妹と婚約者の裏切りを知り、家の警備をしていたジローと一緒に町を出奔することにしたディア。
故郷から遠く離れた辺境の地で、何にも縛られない自由で穏やかな日々を送り始めるが、故郷からディアを連れ戻しに厄介者たちがやってきて――？
嫉妬とか承認欲求とか、
そういうの全部捨てて田舎に
ひきこもる所存
著：エイ　イラスト：双葉はづき

狐仙さまにはお見通し
―かりそめ後宮異聞譚― 2

＊本作は「小説家になろう」（https://syosetu.com/）に掲載されていた作品を、大幅に加筆修正したものとなります。
＊この作品はフィクションです。実在の人物・団体・事件・地名・名称等とは一切関係ありません。

2024年1月20日　第一刷発行

著者 …………………… 遊森謡子

イラスト …………………… しがらき旭
発行者 …………………… 辻 政英
発行所 …………………… 株式会社フロンティアワークス
〒170-0013　東京都豊島区東池袋 3-22-17
東池袋セントラルプレイス 5F
営業　TEL 03-5957-1030　FAX 03-5957-1533
アリアンローズ公式サイト　https://arianrose.jp/
フォーマットデザイン …………………… ウエダデザイン室
装丁デザイン …………………… 鈴木 勉（BELL'S GRAPHICS）
印刷所 …………………… シナノ書籍印刷株式会社